Melissa Foster

Weihnachten mit den Bradens

Eine Kurzgeschichte

Die Autorin

Melissa Foster ist eine preisgekrönte *New-York-Times-* und *USA-Today*-Bestsellerautorin. Ihre Bücher werden vom *USA-Today-Bücherblog*, vom *Hagerstown Magazin*, von *The Patriot* und vielen anderen Printmedien empfohlen. Melissa hat mehrere Wandgemälde für das *Hospital for Sick Children*, eine Kinderklinik in Washington, D. C., gemalt.

Besuchen Sie Melissa auf ihrer Website oder chatten Sie mit ihr in den sozialen Netzwerken. Sie diskutiert gern mit Lesezirkeln und Bücherclubs über ihre Romane und freut sich über Einladungen. Melissas Bücher sind bei den meisten Online-Buchhändlern als Taschenbuch und E-Book erhältlich.

www.MelissaFoster.com

Melissa Foster

Weihnachten mit den Bradens

Die Bradens in Weston, Colorado

LOVE IN BLOOM – HERZEN IM AUFBRUCH

Aus dem Amerikanischen von Janet König

Die Originalausgabe erschien erstmals 2018 unter dem Titel
»A Very Braden Christmas« bei World Literary Press, MD, USA.

Deutsche Erstveröffentlichung
2020 bei World Literary Press, MD, USA
© 2018 der Originalausgabe: Melissa Foster
© 2020 der deutschsprachigen Ausgabe: Melissa Foster
Lektorat: Judith Zimmer, Hamburg
Umschlaggestaltung: Elizabeth Mackey

ISBN: 978-1-948868-56-3

Für meine Fans,
weil sie meine Bradens so sehr lieben wie ich.

Vorwort

Seit Jahren wollte ich bereits eine Weihnachtsgeschichte für die Bradens aus Weston schreiben, und ich freue mich sehr, dass ich sie endlich in meinem Schreibplan unterbringen konnte. Hal Bradens Liebe, seine Loyalität und seine starken Familienwerte bilden das Fundament, auf dem ich die Geschichten der Reihe »Love in Bloom – Herzen im Aufbruch« aufgebaut habe. In diesem Kurzroman erfahren Sie noch mehr über die Beziehung zu seiner verstorbenen Frau Adriana, und ich hoffe, dass es Sie ebenso mit Glück erfüllt wie mich.

Wenn dies Ihre erste Geschichte aus der Reihe »Love in Bloom – Herzen im Aufbruch« ist, dann ist es eine wunderbare Gelegenheit, die ganze Familie kennenzulernen. Im Anschluss können Sie zurückschauen und die Liebesgeschichten jedes einzelnen Paares lesen. Alle Figuren aus der großen »Love in Bloom – Herzen im Aufbruch«-Familie tauchen auch in zukünftigen Büchern wieder auf. Zum Beispiel begegnen Sie den Bradens aus Weston ebenso bei den Remingtons, den anderen Bradens (aus Trusty und aus Peaceful Harbor) sowie den Bradens & Montgomerys (aus Pleasant Hill und Oak Falls) und auch in allen anderen Unterserien der Reihe.

Alle Bände der Reihe »Love in Bloom – Herzen im Aufbruch« können für sich allein und in beliebiger Reihenfolge gelesen werden, aber für den größten Lesespaß empfiehlt es sich, sie entsprechend ihrer Veröffentlichung zu lesen. Eine Serien-Checkliste und einige weitere »Reader Goodies« können Sie sich auf meiner Webseite herunterladen (in englischer Sprache):

www.MelissaFoster.com/RG

Bestellen Sie doch meinen Newsletter und bleiben Sie immer auf dem Laufenden über alle Neuerscheinungen: www.MelissaFoster.com/Newsletter_German

Viel Spaß beim Lesen!

Melissa Foster

Eins

Der Stern ist krumm.

Hal Braden lächelte, als er seine geliebte Frau Adriana im Geiste flüstern hörte. Ihre Stimme war so real wie die eisige Winterkälte, die ihm in die Wangen stach. Er schaute zu dem Stern auf dem Giebel des Scheunendaches hinauf, das vor dem Hintergrund der Colorado Mountains schimmerte, und tatsächlich, der Stern war krumm. Hal schüttelte den Kopf, lachte leise und hätte schwören können, dass er Adrianas verspieltes Kichern hörte. Die Erinnerung daran, wie sie sich immer für ein kleines *nachmittägliches Vergnügen* in das Büro in der Scheune oder in eine der Pferdeboxen gestohlen hatten, während ihre Kinder draußen spielten, wurde lebendig. Nach einem dieser leidenschaftlichen Momente war Adriana aufgefallen, dass der Stern krumm war, und ihrer Meinung nach lag es daran, dass ihre Liebe so groß war, dass sie die ganze Welt zum Beben gebracht hätten.

»Ach, mein Liebling«, sagte er mit dieser sanften, rauen Stimme, die allein den Gesprächen mit ihr vorbehalten war, »wenn es doch nur heute so wäre.«

Adrianas Stimme hörte er oft, und manchmal flüsterte seine Frau nicht aus dem Grab, sondern machte ihn lautstark zur

Schnecke, weil er irgendetwas vermasselt hatte. Nach all diesen Jahren war das für Hal in Ordnung. Kein einziger Tag verging, an dem er sich nicht wünschte, sie in den Arm nehmen und ihr ein letztes Mal sagen zu können, wie sehr er sie liebte, dass jeder seiner Atemzüge von Schmerz ebenso wie von Liebe erfüllt war und dass er sich auf den Tag freute, an dem er wieder mit ihr vereint sein würde.

Er zog sich den Stetson tief ins Gesicht, um sich vor der kalten Abendluft zu schützen, und ging mit Hope in Richtung Scheune. Die alte Fuchsstute hatte er für seine Frau gekauft, als sie vor vielen Jahren herausgefunden hatten, dass Adriana krank war. Hope hatte Hals Ehefrau nun schon lange überlebt. Der Krebs hatte Adriana besiegt, als ihr Jüngster, Hugh, noch ein Kleinkind gewesen war. Hope war mit den Jahren träger geworden, aber Hal schwor, dass Adrianas Seele in dem Pferd weiterlebte, das sich weigerte, sich dem Unvermeidbaren zu beugen.

Hope blieb stehen und hob den Kopf in Richtung des aus Stein und Zedernholz gebauten Hauses, das auf dem Hügel direkt neben der Scheune stand. Der Land Rover von Hals Sohn Josh fuhr gerade auf die Auffahrt. Josh und seine Frau Riley waren weltberühmte Modedesigner. Sie hatten eine kleine Tochter namens Abigail, die fast zwei Jahre alt war, und sie teilten ihre Zeit zwischen Manhattan und Weston, Colorado, auf.

Hal schaute Hope an und streichelte ihr über den Kopf. »Sie ziehen alle wieder zurück nach Hause, Liebling, so wie wir es immer wollten.«

Ungefähr zum gleichen Zeitpunkt, zu dem Josh und Riley sich entschieden hatten, zeitweise wieder in Weston zu wohnen, waren Hugh und seine Frau Brianna ganz zurückgezogen. Sie hatten ein Haus, inklusive Gästehaus für Briannas Mutter, nur ein paar Meilen von Hal entfernt gekauft. Treat, Hals Ältester, der auf der ganzen Welt Hotelanlagen besaß, und Rex, der die Familienranch führte, lebten beide mit ihren Familien in fußläufiger Entfernung. Savannah, Hals einzige Tochter, besaß eine Hütte in den Bergen nicht weit weg von Hals Haus. Nur Dane musste noch zurückkehren. Als Gründer der Brave Foundation widmete Dane sein Leben der Rettung von Haien, während er mit seiner Frau Lacy und ihrem kleinen Sohn Finn auf einem Boot lebte.

»Komm, wir bringen dich rein, Hope, damit wir die Festlichkeiten nicht verpassen.«

Seit der Geburt seiner Kinder waren Hal und seine Familie jedes Jahr an Heiligabend bei dem Scheunentanz der Gemeinde gewesen und hatten danach im Wohnzimmer eine Pyjamaparty gefeiert. Diese Tradition war Adrianas Idee gewesen. *Etwas Kleines, aber Besonderes, damit sie sich immer daran erinnern, wie wichtig Familie ist.* Die Kinder als Teenager zu einer Pyjamaparty mit ihrem alten Vater im Wohnzimmer zu versammeln, war nicht einfach gewesen und hatte jede Menge Gestöhne und verdrehte Augen provoziert. Aber am Ende musste nur eines der Kinder die anderen daran erinnern, dass sie die Tradition für ihre Mutter fortführten, und schon willigten alle ein. Und da Hals Kinder nun alle ihre eigenen Familien hatten, war Heiligabend noch chaotischer – und noch bedeutungsvoller – geworden. Rex und Treat waren mit den Kindern losgezogen, um einen Baum zu schlagen, und alle hatten beim Schmücken geholfen. Es war ein lauter, aufregender Tag gewesen und der Abend versprach, noch mehr Trubel zu bringen.

Hal zog die schwere Holztür zur Scheune auf und ließ Hope hinein. Als ihn der Geruch von Leder, Tieren und Familie begrüßte, überkam ihn eine Welle von Erinnerungen. Sein ganzes Leben lang hatte er Pferde um sich gehabt und voller Stolz führte er mit der Zucht von Springpferden der Rasse Niederländisches Warmblut das Erbe seiner Familie fort. Das Leben auf der Ranch bedeutete harte Arbeit, bei der man vom frühen Morgengrauen bis weit nach Einbruch der Dunkelheit mal unter der heißen Sonne, mal im eiskalten Schnee schuftete, doch er würde es um nichts in der Welt gegen ein anderes Leben eintauschen wollen.

Hope wieherte, hob immer wieder ihren großen Kopf und scharrte mit den Hufen auf dem Boden.

»Was ist denn, mein Mädchen?« Hal legte den Kopf zur Seite, nahm die vertrauten Geräusche der Scheune wahr und hörte dann, was Hope wohl schon vorher bemerkt hatte. Ein Rumpeln. Das Geräusch kam aus dem Büro im hinteren Teil der Scheune. Die Tür stand etwas offen, und Hal fragte sich, was für Getier sich da wohl hineingeschlichen hatte. Als er gerade Hopes Box aufmachte, hörte er ein Krachen aus dem Büro. Die Stute wieherte, schüttelte den Kopf und blieb stocksteif stehen.

»Du altes dickköpfiges Mädchen. Dafür habe ich heute keine Zeit.«

Hope stupste ihr Maul gegen sein Brustbein. Mit seinen eins achtundneunzig war Hal immer noch kräftig und breit gebaut – trotz seiner grauen Haare und des grauen Barts. Durch die Arbeit auf der Ranch war er in bester Verfassung, aber Hopes sanftem Blick hatte er nichts entgegenzusetzen.

Er küsste sie auf die Nüstern und sagte: »Was ist denn, Liebling? Ich komme mit jedem Getier zurecht, das weißt du doch.«

Hope atmete schnaubend aus – ein Geräusch, das Hal nur

zu gut kannte. Es war Hopes Art, ihm mitzuteilen: *Was du nicht sagst. Lass es besser trotzdem gut sein.* Doch Hal hatte heute Abend noch etwas vor und er wollte sich sein Büro nicht von irgendeinem Viech auseinandernehmen lassen. Noch ein Krachen war zu hören und das setzte Hal in Bewegung.

»Auf geht's.« Er schob Hope in ihre Box, marschierte entschlossen Richtung Büro und bereitete sich gedanklich auf ein herumwütendes Tier vor.

Er schnappte sich eine Mistgabel, die neben dem Büro an der Wand lehnte, und straffte die Schultern, als noch ein dumpfes Geräusch ertönte. Fluchend riss er die Tür auf, die Mistgabel zum Angriff erhoben – und erstarrte, als er seinen Sohn Rex entdeckte, der seine Frau Jade gegen die gegenüberliegende Wand drückte und ihre Beine um seine Taille geschlungen hatte. Der tödliche Blick in Rex' Augen, den er über die Schulter Richtung Tür warf, hätte genügt, um ein ganzes Bataillon in die Flucht zu schlagen.

Aber nicht Hal Braden.

Hals tiefes Lachen erfüllte den Raum, als er die Mistgabel senkte und sagte: »Kein Wunder, dass der Stern krumm war.«

»Himmel noch mal«, schimpfte Rex und seine Kiefermuskeln zuckten unter den pechschwarzen Bartstoppeln.

Rex war der impulsivste und störrischste von Hals Kindern. Er erinnerte Hal an sich selbst in jüngeren Jahren. Mit seinen kräftigen Armen und den baumstammdicken Oberschenkeln, die er der jahrelangen harten körperlichen Arbeit zu verdanken hatte, würde Rex vor keiner Auseinandersetzung zurückschrecken – auch nicht vor einer mit seinem Vater. Er hatte sich gegen Hal gestellt, als er sich in Jade Johnson verliebt hatte, die Tochter von Hals Erzfeind. Doch Rex' Liebe zu Jade hatte der über vierzig Jahre alten Fehde zwischen den beiden Familien ein

Ende bereitet und Hal mit seinem ehemals besten Freund wieder vereint.

Rex zog die Augenbrauen hoch. »Dad, könntest du uns vielleicht …?«

»Die Frau hat erst vor ein paar Wochen ein Baby zur Welt gebracht. Gönn ihr mal eine Pause.« Schmunzelnd ging er zurück Richtung Tür.

Rex schnaubte, doch ein Lächeln war auf seinen Lippen zu erkennen. »*Sie* hat sich auf *mich* gestürzt.«

Jades Wangen glühten feuerrot, obwohl sie vollständig bekleidet war. Sie vergrub ihr Gesicht an Rex' Hals und murmelte eine Entschuldigung.

»Jetzt mach, dass du von hier verschwindest, damit ich mich ungestört mit meiner Frau amüsieren kann«, meinte Rex lächelnd. »Wir haben sonst wirklich keine Minute mehr für uns allein.« Hals ältester Sohn Treat und die anderen passten auf Rex' und Jades Kleinkind Little Hal und ihr neugeborenes Baby Josslyn Adriana auf.

»Schon gut. Joshs Familie ist hier, wir werden also bald aufbrechen.« Er wandte sich ab und sagte: »Sieh zu, dass du diesen verdammten Stern reparierst.«

Rex brummte zustimmend und mit einem Lächeln verließ Hal das Büro.

Nachdem er sich um Hope und die anderen Pferde gekümmert hatte, ging Hal zum Haus. Auf der Veranda traf er auf seine Söhne Dane und Hugh. Alle Jungs von Hal hatten die große, breite Statur sowie die dunklen Haare und Augen von ihm geerbt, nur Hughs Augen waren eine Spur heller als die der anderen, und im Moment funkelten sie verschmitzt.

»Die Kleinen werden unruhig«, sagte Dane. »Savannah und Jack sind angekommen, als du in der Scheune warst. Ich denke, wir sollten los, bevor die Jungs zu viel Unheil anrichten.«

»Sofern wir Rex und Jade finden. Und ja, wir haben in den Schlafzimmern nachgesehen«, sagte Hugh mit einem frechen Grinsen. Adriana hatte schon unmittelbar nach der Geburt gewusst, dass Hugh ein Schlingel werden würde, und sie hatte recht behalten. Als Rennfahrer hatte Hugh – bis er Brianna begegnet war – alle Früchte seines Erfolges und seiner Bekanntheit genossen. Mit zwei Kindern und einem dritten, das sie im Februar erwarteten, war Hugh nun ein großartiger Vater und liebevoller Ehemann. Hal war stolz auf ihn, wie auf all seine Kinder.

Hal grinste. »Sie sind in der Scheune. Lass ihnen ein paar Minuten.«

Dane stieß Hugh mit dem Ellbogen an und hob die Augenbrauen.

»Also ehrlich. So weit kommt's noch. Los, Bruderherz«, sagte Hugh. »Wenn ich meine Frau nicht ins Schlafzimmer entführen darf, dann kann er auch die Finger von seiner lassen.«

Als sie zur Scheune liefen, schüttelte Hal nur den Kopf und schmunzelte über die Albernheiten seiner Jungs. Er hoffte, sie würden sich auch in Zukunft immer so brüderlich foppen.

»Hallo, Daddy!« Savannah kam zur Hintertür heraus und sah der jungen Adriana in dem Moment so ähnlich, dass sein Herz etwas heftiger schlug, als sie die Arme um ihn schlang. Savannah war Anwältin für Medienrecht und arbeitete nun, da sie und ihr Mann Jack Remington den dreijährigen Sohn Adam hatten, an drei Tagen in der Woche in Manhattan. Savannah war ebenso temperamentvoll und dickköpfig wie einst ihre Mutter, und das war auch gut so, denn sie war als mittleres Kind umgeben von ungestümen und gleichzeitig überfürsorglichen Brüdern aufgewachsen.

»Hallo, Schatz. Wie geht es meiner Kleinen? Hattet ihr eine schöne Zeit bei Jacks Familie?«

»Ja, es geht ihnen allen gut. Seine Eltern haben eine Riesenfreude an all ihren Enkeln. Dex' und Ellies kleiner Junge erinnert mich an Treat und Jack«, sagte sie, als sie hineingingen. »Du weißt schon, so ernsthaft und beobachtend. Er ist noch ein Baby, aber ich sehe es genau.«

Schmunzelnd genoss Hal das Gewusel und den angenehmen Geräuschpegel, den seine Enkel und Schwiegertöchter verursachten. Lacy und Brianna waren in der Küche, um Kekse zu backen, während Hughs Junge Christian und Treats Sohn Dylan rein- und rausstürmten und versuchten, ein paar Leckereien aus der Küche zu stibitzen.

»Christian Braden!«, ermahnte Brianna ihn mit einem Lächeln, als ihr kleiner Sohn sich einen Keks schnappte und kichernd aus dem Raum rannte. Sie streichelte sich über ihren Siebter-Monat-Babybauch und schüttelte den Kopf.

Christian und Dylan waren ziemlich anstrengend. Sie rannten mit Superhelden-Umhängen herum und kletterten über das Sofa, bis Treats Frau Max, die das Baby Josslyn gerade im Schaukelstuhl beruhigte, sie ermahnte, nicht auf Grandpas Möbeln herumzuturnen. Little Hal und Adam veranstalteten im Flur laut schreiend Rennen mit Spielzeugautos, und mitten in dem Chaos hockten Hughs Tochter Layla, die zu einem aufmerksamen und schönen Teenager herangewachsen war, und Treats Tochter Adriana, ein Abbild ihrer verstorbenen Großmutter, auf Hals Lieblingssessel beieinander und unterhielten sich flüsternd. Treat saß in einem Sessel und las seinem Jüngsten, dem einjährigen Bryce, etwas vor, während er alle anderen im Auge behielt.

»Grandpa Hal! Spiel mit uns!«, schrie Dylan, der gerade Finn hinterherjagte, weil der ein Weihnachtsgeschenk unter dem Tannenbaum weggenommen hatte.

Finn, der seine blonden Locken von Lacy und die großen dunklen Augen von Dane geerbt hatte, suchte hinter Hal Schutz und quietschte: »Grandpa Hal! Hilf mir!«

Hal hob den kreischenden Dylan in die Höhe und hielt ihn dort, während Finn lachte und das Geschenk umklammerte.

Finn sprang an Hal hoch und versuchte, seinen Cousin zu fassen zu bekommen. »Lass ihn runter, Grandpa Hal! Ich will Fangen spielen!«

»Was hältst du davon, wenn ich dich einpacke und unter den Tannenbaum lege?«, sagte Hal zu Dylan und versuchte, sein Lächeln zu unterdrücken.

»Oh ja! Mach das!«, sagte Dylan und brachte Hal und Treat zum Lachen.

»Mach das! Mach das!«, rief Christian immer wieder, und als hätte er mit einem Ruf der Wildnis das Rudel herbeigerufen, stürmten die beiden kleineren Jungen in das Zimmer.

Rex, Jade, Dane und Hugh kamen von draußen herein. Rex warf ein Blick auf das Chaos, hob Little Hal hoch und drehte ihn auf den Kopf, um ihn an den Fußgelenken festzuhalten, während sein Sohn kicherte und sich wand. »Hab ein Kaninchen gefangen!«

Dane tat es ihm mit Finn gleich und rief: »Ich hab auch eins!«

Als Hugh sich Christian schnappen wollte, rannte sein Junge kichernd quer durch das Wohnzimmer davon. Hugh nahm die Verfolgung auf, und während er den Arm um seinen freudig juchzenden Sohn schlang, fiel Hals Blick auf das Bild von Adriana, die vom Kaminsims auf ihn herunterlächelte, und sein Herz war erfüllter denn je.

Zwei

Nahezu der ganze Ort erschien zu dem jährlichen Scheunentanz an Weihnachten. Bunte Lichter huschten über die Tanzfläche, und auf einer Seite der improvisierten Bühne, auf der die Band spielte, stand ein riesiger Tannenbaum. Kinder wuselten in ihrer Festtagskleidung mit Keksen und Kinderpunsch umher, während ihre Eltern tanzten und sich unterhielten. Hugh hatte sich nie vorstellen können, mal zurück nach Weston zu ziehen, einem kleinen Ort von Farmern, in dem Gerüchte mit Lichtgeschwindigkeit unterwegs waren und die Hauptstraße wie eine Reminiszenz an den Wilden Westen aussah. In jüngeren Jahren hatte all das kitschig auf ihn gewirkt, und er hatte es nicht abwarten können, hinaus in die Welt zu ziehen, um sich einen Namen zu machen. Als er nun umgeben von seinen Geschwistern und ihren Familien mit seiner wunderschönen Frau tanzte, während seine Schwiegermutter mit seinem Vater das Tanzbein schwang und er Christian beobachtete, der mit seinen Cousins herumrannte, und Layla, die sich mit ihren Schulfreunden unterhielt, konnte er sich nicht mehr vorstellen, woanders zu leben.

»Hey, Kleines.« Hugh schmiegte sich an Briannas Hals und flüsterte: »Was hältst du davon, wenn wir uns ins Auto verkriechen?«

Ihre sanften braunen Augen glühten heiß. Sie war die verführerischste Frau, die süßeste Mutter und die beste Freundin, die Hugh kannte. Er sah sich als Glückspilz, nachdem ein schiefgelaufenes Blind Date mit dem Kennenlernen von Brianna geendet hatte.

»Das würde ich nur zu gerne, wie du weißt, aber mit diesem Bauch müssten wir ein Wohnmobil auftreiben«, sagte sie und rieb sich über ihren wachsenden Babybauch. Ihr Blick wurde ernst und wanderte hinüber zu Layla, die sich unter einem Mistelzweig mit einem Jungen unterhielt. »Außerdem können wir nicht weg. Das ist Easton, der Junge, der Layla gefällt, und vielleicht bekommt sie heute Abend ihren ersten Kuss.«

Hughs Brust zog sich zusammen. »*Was?* Sie ist doch gerade mal ein Teenager.«

»Und sie ist verknallt, Hugh«, meinte Brianna lächelnd.

Hugh schaute zu ihrer Tochter, die errötend den schlaksigen blonden Jungen anlächelte, und musste an das unschuldige fast sechs Jahre alte kleine Mädchen denken, das voller Hoffnungen war und von ihrem Märchenprinzen träumte, als er sie kennengelernt hatte. Sie hatte ihn *Prinz Hugh* genannt und er war dahingeschmolzen. Jetzt stand sie mit irgendeinem Jungen, der sich ihren ersten Kuss erschleichen wollte, unter dem Mistelzweig? Einen Kuss, den sie nie wiederbekam? Einen Kuss, der ihr sicher Lust auf mehr Küsse machen würde? Hugh presste die Zähne zusammen. *Auf keinen Fall!*

»Wird Daddy wegen seiner Kleinen etwa nervös?«, neckte ihn Max, die gerade mit Treat neben ihnen tanzte. »Oje, macht euch auf die Kavallerie gefasst.« Sie deutete auf Josh, Rex und Dane, die mit entschlossenem Gesichtsausdruck auf sie zukamen.

»Seht ihr, was da drüben los ist?« Josh stellte sich mit Abigail auf dem Arm neben sie und sagte: »Abi wird mit niemandem ausgehen, bis sie dreißig ist.«

»Sehe ich auch so!«, schnaubte Hugh. »Die stehen viel zu nah beieinander, noch dazu unter dem Mistelzweig.« Er trat einen Schritt von Brianna weg, doch sie ließ ihn nicht los. Die langen dunklen Haare umrahmten ihr wunderschönes Gesicht und Layla sah ihr unglaublich ähnlich. Hugh war sich schon immer bewusst gewesen, dass Layla Jungs anziehen würde, aber er hatte nicht erwartet, dass es schon so früh geschehen würde. Er war noch nicht bereit.

»Hugh, entspann dich«, beschwor ihn Brianna.

»Das geht ja wohl gar nicht«, sagte Rex. Er sah aus, als käme ihm der Rauch gleich aus den Ohren, und genau so fühlte Hugh sich auch. »Wir müssen dazwischengehen.«

»Bin dabei«, sagte Dane.

Treat zog die Augenbrauen zusammen. »Einverstanden. Auf geht's.«

Als Josh versuchte, Abigail an Brianna abzugeben, sagte sie: »Nein! Das könnt ihr nicht machen. Ihr wird das total peinlich sein.«

»Das ist mir so was von egal«, grummelte Hugh, ging um sie herum und beobachtete weiter ihre Kleine. »Sie ist unsere Tochter und dieser Junge wird ihr nicht den ersten Kuss rauben. Dieser Kuss wird Fantasien in ihr auslösen, sie wird davon träumen, dass er sich in sie verliebt. Und wozu? Damit er dann bei der nächstbesten Gelegenheit zu einer anderen läuft? Nur über meine Leiche.«

Brianna legte ihm die Hände auf die Wangen, damit er ihr in die Augen sah. »Und genau das machen Mädchen und Jungs nun mal. Wenn du ihr das vermasselst, wird sie dich dafür hassen.«

Hugh presste die Kiefer zusammen. Er war in der frühen Pubertät seiner impulsiven Tochter schon einige Male mit ihr aneinandergeraten, zum Beispiel als er ihr verboten hatte, auf eine Geburtstagsparty zu gehen, bei der auch Jungs dabei sein sollten, oder als er sie bei einem Telefonat mit einem Jungen erwischt hatte. Er schaute zu seinen Brüdern, die auch alle mit angespannten Gesichtern dastanden und mit den Schultern zuckten – als wüssten sie nicht, ob Brianna recht hatte, oder vielleicht auch, als wäre es egal, wenn es so wäre.

Treat drehte sich zu seiner Frau um. »Max? Was meinst du?«

»Es stimmt«, sagte Max. »Sie wird euch alle für wahnsinnig nervig halten und wahrscheinlich wochenlang mit keinem von euch reden. Im Moment denkt sie nur daran, dass dieser Junge sie hoffentlich gleich küsst. Sie hat es wahrscheinlich ausgiebig mit ihren Freundinnen bequatscht und sogar mit ihrem Kissen geübt.«

»Vom Kissen will ich lieber gar nichts wissen«, sagte Hugh, während er zu Layla in ihrem Glitzerkleid und den passenden Ballerinas schaute. Brianna, Savannah und seine Schwägerinnen hatten Ewigkeiten damit verbracht, Locken in Laylas Haare zu zaubern, und jetzt verstand er auch, warum. Sie waren alle eingeweiht, während Hugh und seine Brüder keine Ahnung hatten. Wann war Layla so erwachsen geworden? Er hatte die Veränderungen in den letzten zwei Jahren beobachtet, in denen sie ihren Kleiderschrank ausgemistet und dabei Rüschenkleider und glitzernde Haarreifen aussortiert hatte. Aber er hatte nicht damit gerechnet, dass diese Dinge durch einen Jungen ersetzt würden. Und seit wann hatte seine Frau Geheimnisse vor ihm?

»Du wusstest von diesem Plan mit dem ersten Kuss und

hast mir nichts davon erzählt?«, fragte er Brianna.

»Ach, komm schon, Hugh«, sagte Max. »Als ob wir euch von einem ersten Kuss erzählen könnten, ohne dass ihr durchdreht!«

»Wenn es bei Josslyn so weit ist, sollte Jade es mir lieber erzählen«, zischte Rex.

Brianna lachte. »Das gehört dazu, es ist ein Schritt hin zum Erwachsenwerden, und ich warne dich, Hugh, sie wird rasen vor Wut.«

Hughs Beschützerinstinkt setzte sich durch. »Sie wird drüber hinwegkommen.«

Gemeinsam mit seinen Brüdern und Brianna im Schlepptau stürmte Hugh quer durch die Scheune, um sein kleines Mädchen vor – wie er sicher glaubte – einem wochenlang gebrochenen Herzen zu bewahren. Als sie näher kamen, hörte er, dass die anderen Jungen Easton verspotteten.

»Easton ist verknallt!«, plärrte ein dürrer rothaariger Junge, während ein anderer Junge Kussgeräusche machte.

»Easton hat eine Freundin!«, neckte der zweite.

»Warum küsst du sie denn nicht, Easton?«, rief ein dritter, gefolgt von noch mehr Kussgeräuschen.

Hugh würde sie in Stücke zerreißen. Mit den Fäusten an der Hosennaht sah er, dass Easton etwas zu Layla sagte und dann gefolgt von seiner Clique aus der Scheune rannte.

Layla brach in Tränen aus und rannte in die entgegengesetzte Richtung. Hughs Herz zerbrach.

»Den bring ich um«, zischte er und wollte schon hinter Easton herrennen.

Brianna griff nach seiner Hand und sagte: »Er braucht dich jetzt nicht. Unsere Tochter schon.«

»Der Junge hat eine Lektion verdient«, stieß Hugh hervor.

»Wir kümmern uns um ihn und seine Freunde.« Rex sah seine Brüder an. »Kommt, wir bringen diesen Jungs mal bei, was es heißt, ein Mann zu sein.« Rex, Dane und Josh stürmten den Jungs hinterher.

»Was für ein Mist«, schimpfte Treat. »Jetzt legen wir uns schon mit Teenagern an?«

Während Treat seinen Brüdern hinterhereilte, machte Hugh sich auf die Suche nach Layla, die er hinter der Scheune auf einem Heuballen sitzend und umgeben von ihren Freundinnen vorfand. Sie strichen ihr über die Schulter, spendeten ihr Trost und belegten Easton mit allen möglichen Schimpfwörtern. Hugh hatte ein paar nicht so nette Bezeichnungen in petto, die er ihrer Liste gern hinzugefügt hätte.

Layla wischte sich über die Augen und sah zu ihm auf.

Einstimmig grüßten ihn ihre Freundinnen: »Hallo, Mr. Braden.«

»Hallo zusammen. Würdet ihr mich kurz mit Layla alleinlassen?«

»Klar doch, Mr. Braden«, antwortete eine ihrer Freundinnen.

Sie umarmten Layla und gaben ihr alle noch ein paar aufmunternde Worte mit, bevor sie sich im Pulk entfernten. Er war froh, dass Layla so gute Freundinnen hatte, doch als er sich neben sie setzte, wünschte er, sie würde sie in dieser besonderen Situation nicht brauchen.

»Ich weiß, was du sagen willst«, meinte sie missmutig.

Hugh seufzte, zog seine Jacke aus und legte sie ihr um die Schultern. »Ach ja? Und das wäre?«

»Dass ich zu jung bin, um mich in einen Jungen zu verlieben.« Sie fummelte an den Glitzersteinchen ihres Kleides herum.

Hugh dachte darüber nach und auch über das, was Brianna gesagt hatte. »Weißt du was, Prinzessin? Du hast recht. Genau das wollte ich sagen, und ich wollte dem Jungen auch die Meinung geigen, weil er dich zum Weinen gebracht hat. Aber du bist kein kleines Mädchen mehr. Du bist dabei, eine schöne junge Dame zu werden.«

Tränen stiegen ihr in die Augen. »Ich bin nicht schön.«

»Ach, Schatz. Da irrst du dich aber gewaltig. Der Junge hat sich in das schönste Mädchen der Schule verguckt, und das jagt einem in seinem Alter gehörig Angst ein. Ach was, das jagt einem in jedem Alter Angst ein. Er ist nicht weggerannt, weil er dich nicht unter dem Mistelzweig küssen wollte. Er ist weggerannt, weil er dich so gern küssen wollte, dass es ihm Angst gemacht hat.«

Sie knabberte auf ihrer Unterlippe herum. »Das ist dämlich.«

Er lächelte und sagte: »Manchmal sind Jungs dämlich.« Er nahm ihre kleine Hand in seine. »Ich weiß, dass es im Moment wehtut, und wahrscheinlich hast du das Gefühl, dass dein Herz in Stücke zerbrochen ist.«

Sie nickte, und er spürte, dass sein eigenes Herz auch wieder zerbrach.

»Ich bin die Einzige von meinen Freundinnen, die noch keinen Jungen geküsst hat«, sagte sie jammernd.

»Gut«, entfuhr es ihm, bevor er es verhindern konnte, und sie sackte neben ihm noch mehr in sich zusammen. »Das meine ich nicht so, wie es sich anhört, Schatz. Es ist gut, weil es bedeutet, dass du nicht irgendeinen Jungen küsst. Du wartest auf den Richtigen.«

»Easton *ist* der Richtige«, sagte sie.

»Vielleicht«, sagte er, denn wer konnte es schon wissen …

Es konnte jederzeit passieren. Seine eigenen Eltern hatten sich kennengelernt, als seine Mutter erst vierzehn Jahre alt gewesen war, und ihre Liebe war so echt, wie man es sich nur erträumen konnte.

»Er ist klug, witzig und er zeichnet richtig gut. Und ich rede gern mit ihm, Daddy. Er ist nicht wie die anderen Jungs. Er erzählt keinen dämlichen Kram.« Sie schwieg kurz und sah ihn dann mit ihren großen braunen Augen an. »Erinnerst du dich an deinen ersten Kuss?«

»Ja, und willst du auch wissen, woran ich mich dabei am meisten erinnere?«

Sie nickte.

»Ich erinnere mich daran, dass ich mir wie ein Gewinner vorkam, weil ich meinen ersten Kuss vor all meinen Kumpels bekommen hatte. Damit konnte ich angeben, und du weißt ja, wie gern ich angebe.« Das entlockte ihr ein Lächeln und er drückte ihre Hand. »Aber ich erinnere mich nicht einmal an den Namen des Mädchens, und willst du wissen, was ich jetzt über meinen ersten Kuss denke?«

Sie nickte, während er ihr die Tränen von der Wange wischte.

»Ich wünschte, mein erster Kuss wäre mit deiner Mom gewesen, und ein Teil von mir tut so, als wäre es so gewesen. Als ich deine Mom kennenlernte, hatte sie fast sechs Jahre ihres Plans hinter sich, demzufolge sie achtzehn Jahre lang keine Männer küssen wollte, nämlich bis du auf dem College bist. Mein tatsächlicher erster Kuss, Prinzessin, fand verstohlen zwischen zwei Unterrichtsstunden auf dem Schulflur statt. Und das Mädchen? Mit unserem Kuss hatte sie eine Wette gewonnen und *sie* konnte damit angeben. Aber meinen ersten Kuss mit deiner Mom musste ich mir verdienen, und ich musste ihr und mir – und dir – beweisen, dass ich es wert war. *Diesen* ersten Kuss werde ich nie vergessen.«

Layla ließ die Beine baumeln, fummelte an ihrem Kleid herum und sagte: »Danke, Daddy.«

Hughs Herz ging auf vor Liebe. Als er Brianna geheiratet und Layla adoptiert hatte, waren seine Träume erfüllt gewesen von diesen Momenten, in denen er Daddy sein und ihr durch schwere Zeiten hindurchhelfen konnte.

»Mach dir keine Sorgen, Prinzessin. Wenn du deinen ersten Kuss mit Easton haben sollst, dann wird es so kommen.« Er küsste sie auf die Schläfe und sagte: »Aber wenn du das nächste Mal einen Jungen küssen möchtest, solltest du es vielleicht irgendwo tun, wo ich nicht zuschauen muss. Ansonsten bekommt dein alter Herr noch einen Herzinfarkt.«

Sie kicherte. Hugh stand auf und streckte ihr die Hand entgegen. »Was hältst du davon, wenn du wieder hineinkommst und mit mir tanzt?«

Sie stand auf und gab ihm seine Jacke. Dann schaute sie verlegen zu Boden und vergrub die Spitze ihres Schuhs in den Sand. »Ähm, Daddy?« Sie schaute in die Scheune hinein zu ihren Freundinnen, die beieinandersaßen und verstohlen zu ihnen herübersahen. »Wäre es okay, wenn wir im Moment gerade nicht tanzen und ich stattdessen zu meinen Freundinnen gehe?«

So fühlte es sich also an, wenn man von seinem kleinen Mädchen versetzt wird. Mann, das tat weh. »Klar, Prinzessin. Amüsier dich.«

»Danke. Hab dich lieb!« Sie stellte sich auf die Zehenspitzen und warf die Arme um ihn, drückte ihn ganz fest und linderte so ein wenig den Schmerz, den ihr Erwachsenwerden ihm zugefügt hatte.

Drei

Musik drang aus der Scheune, als Savannah und ihre Schwägerinnen nach draußen gingen, um die Kinder auf das riesige rote Fuhrwerk zu hieven, das für die alljährliche Heuwagenfahrt von den Pferden gezogen wurde. Funkelnde bunte Lichter erhellten den Wagen. Hal hatte Bryce auf dem Arm, der tief und fest schlief. Der kleine Junge von Treat und Max wirkte in den großen Armen seines Großvaters noch kleiner. Finn und Adam tobten eingepackt in dicke blaue und rote Winterjacken und Mützen herum und ließen sich rücklings in Schneeberge fallen. Dylan und Christian machten eine Schneeballschlacht und rannten vor Hugh und Treat davon. Savannah versuchte, Dylan festzuhalten, als er vorbeilief, doch er entwischte ihr.

»Feindlicher Beschuss!«, rief Savannah Treat zu, als Dylan sich einen Schneeball formte.

Was für ein Anblick, als der eins achtundneunzig große Treat dem Geschoss auswich! Er schnappte sich seinen Sohn und warf ihn sich wie einen Sack Kartoffeln über die Schulter.

Dylan strampelte mit Armen und Beinen. »Nein!«, rief er zwischen den Lachanfällen. »Dad!«

Adriana streichelte eines der Pferde. Es waren Tinker, ihre

Lieblingsrasse. Savannahs Cousin Luke lebte in dem nahe gelegenen Ort Trusty und stellte ihnen die Pferde jedes Jahr für ihre weihnachtliche Heuwagenfahrt zur Verfügung. Mit Glocken an ihrem Zaumzeug, roten Schleifen in ihren seidenen Mähnen und Schweifen und dem wunderschönen Fesselbehang, der ihre Hufe vollständig bedeckte, verliehen die schönen Pferde dem Abend eine märchenhafte Atmosphäre.

»Adriana!«, rief Christian.

Adriana drehte sich um, und Christian feuerte einen Schneeball auf sie ab, bevor er wegrannte.

»Daddy!«, schrie Adriana und rannte hinter Christian her.

Ohne zu zögern, schnappte Treat sich Christian und warf ihn sich über die andere Schulter. Beide Jungen schrien und lachten lauthals, als Treat sie zu dem Fuhrwerk trug.

Little Hal rann an Layla vorbei und riss sie um, sodass sie in Jades Beinen landete.

Unverzüglich packte Rex Little Hal am Rücken seiner dicken blauen Jacke und hob ihn in die Luft, während die Beine seines Sohnes weiterliefen. »Junge, was sagst du nun zu deiner Cousine Layla?«

»Tschuldigung!«, rief Little Hal.

»Du hättest ihr wehtun können«, sagte Rex streng. »Was habe ich dir gesagt, wie man Mädchen behandeln soll?«

»Da-ad!«, beschwerte Little Hal sich mit fuchtelnden Armen.

Rex sah ihn finster an und sagte: »Beschütze die Mädchen, weil …«

»Wir es sollten!«, sagte Little Hal.

»Und sei nett, weil …«, drängte Rex ihn weiter.

»Wir es können!«, sagte Little Hal mit einem stolzen Grinsen. »Okay, Dad! Das werde ich!«

Rex zog ihn an sich und sagte etwas, das Savannah nicht hören konnte. Little Hal nickte eifrig und dabei wirkte sein Gesicht wie eine jüngere Version des kräftigeren Antlitzes seines Vaters. Rex setzte ihn auf dem Boden ab.

Little Hal ging zu Layla und sagte: »Tut mir leid, dass ich dich umgerannt habe.« Er schlang die Arme um sie und Layla lächelte.

»Das da«, sagte Jade mit einem Blick zu Rex, während sie ihrem Baby Josslyn einen Kuss auf die Stirn gab, »ist das beste Aphrodisiakum für Mamas überhaupt.«

Jades pechschwarze Haare flossen unter einer roten Strickmütze hervor und fielen fast bis zu ihrer Taille hinab. Savannah war überrascht, dass Jade gekommen war, nachdem sie erst vor ein paar Wochen ihr Baby bekommen hatte, aber Jade ließ sich nie von etwas ausbremsen.

Riley kam mit Abigail auf dem Arm zu ihnen. Mit zwanzig Monaten sah ihre kleine Tochter mit den glatten braunen Haaren und den haselnussbraunen Augen, die immer zu lächeln schienen, schon genauso aus wie ihre Mutter. »Seht mal.« Sie zeigte auf Dane und Lacy, die küssend vor der Scheune standen. »Und guckt euch Treat und Max an.«

Treat und Max saßen küssend auf einem Heuballen auf dem Fuhrwerk, während beide jeweils einen Jungen an der Jacke festhielten und Christian und Dylan zu ihren Füßen spielten.

»Ist euch schon mal aufgefallen, dass das Chaos unsere Familien verfolgt?«, fragte Riley.

»Und ich fasse es noch nicht, dass wir noch mehr dazu beitragen werden.« Savannah legte sich die Hand auf den Bauch.

Riley und Jade sahen sie mit großen Augen an. »Bist du schwanger?«, wollte Riley wissen.

»Das sind wir!«, antwortete Savannah glücklich.

Die Frauen umarmten sie und gratulierten ihr.

»Ich freue mich so!«, sagte Riley.

»Wie weit bist du?«, erkundigte sich Jade, und noch bevor Savannah antworten konnte, rief sie laut: »Savannah und Jack sind schwanger!«

Jubel und Freudenschreie brachen aus, während sich ihre Familie um sie versammelte – außer Treat und Max, die ihre *Wilden Jungs* lieber nicht loslassen wollten, denn so schnell würden sie die beiden nicht wieder auf das Fuhrwerk bekommen. Stattdessen riefen sie: »Herzlichen Glückwunsch!«

»Noch ein Enkel?«, freute sich Hal. Er umarmte Savannah und sagte: »Dieses Mal bitte keine eingeschneite Hüttengeburt, okay, Schatz?«

Sie und Jack hatten einen Ausflug zu ihrer Hütte in den Bergen gemacht, als Savannah mit Adam schwanger gewesen war, und ihr kleiner Sonnenschein hatte sich entschieden, früher zu kommen. Savannah hatte Adam mit Hilfe von Jack während eines Schneesturms auf die Welt gebracht.

»Keine Sorge, Daddy. Wir ziehen einen Monat vor dem Geburtstermin bei dir ein, nur für alle Fälle«, scherzte Savannah, als sich von hinten kräftige Arme um ihre Taille legten. Die bärtige Wange ihres Mannes strich über ihre Haut, als er ihr einen Kuss gab.

»Ich dachte, wir warten bis morgen, um es allen beim Frühstück zu erzählen.« Jacks tiefe Stimme ließ eine heiße Welle durch ihren ganzen Körper rauschen.

»Ich konnte es nicht abwarten.« Sie drehte sich in seinen Armen um und er drückte seine herrlichen Lippen auf ihre.

»Das freut mich, denn ich habe mich auch verplappert und es vorhin Josh erzählt.« Seine dunklen Augen funkelten vor

Liebe.

»Dann bekommt Josh Ärger, weil er es mir nicht erzählt hat!«, sagte Riley und lächelte Josh herausfordernd an.

Nach vielen Umarmungen und Glückwünschen nahmen schließlich alle ihren Platz auf dem Fuhrwerk ein. Die Erwachsenen saßen auf Heuballen an den Seiten und die Kinder hockten alle in der Mitte auf ausgebreitetem Stroh. Sie zählten gerade durch, als Savannah im Dunkeln neben dem anderen Fuhrwerk Layla mit dem Jungen sah, den sie und ihre Schwägerinnen zuvor vor der Attacke von Rex und ihren anderen Brüdern bewahrt hatten. Savannah tippte Brianna ans Bein und zeigte auf die beiden. Brianna griff nach Hughs Hand, und Hugh folgte ihrem Blick zu den beiden Teenagern, als der Junge seine Lippen gerade auf Laylas Wange drückte. Hugh kniff die Augen zusammen, und dann lächelte Layla, fasste sich gedankenverloren an die Wange und nickte, als der Junge etwas sagte. Der Junge ging in die Scheune, und Hugh kletterte vom Wagen, als Layla näher kam.

»Oje«, sagte Savannah leise, in der Befürchtung, dass Hugh ihr wegen des Kusses zusetzen würde.

Hugh streckte seiner Tochter die Hand entgegen und zog sie in eine Umarmung. Er beugte sich hinunter und sagte etwas, dass Savannah nicht hören konnte, und dann umarmte ihn Layla noch einmal.

Hugh hob sie auf den Wagen, und sie rannte zu Adriana, die vor Max saß, und sofort fingen die Mädchen an, sich flüsternd zu unterhalten. Hugh stieg ebenfalls auf den Wagen, und sein liebevoller Blick traf auf Briannas, als er sich neben sie setzte.

Kaum waren sie zu ihrer winterlichen Fahrt aufgebrochen, war Bryce in Max' Armen auch schon eingeschlafen. Dylan saß neben Adriana zu Treats Füßen und spielte mit den anderen Kindern, und Treat betrachtete seine Familie, als wären sie die einzigen Menschen auf dem lauten, vollen Wagen. Josslyn schlief auf Jades Arm, während Rex und Hugh in der Mitte des Wagens über das Chaos wachten.

Savannah lehnte sich zu Jack hinüber und fragte: »Sollen wir ihnen unsere anderen Neuigkeiten verraten?«

Es fing an zu schneien, was die Unruhe noch verstärkte, denn die Kinder jubelten und streckten die Gesichter gen Himmel, um die Schneeflocken mit den Zungen aufzufangen.

Jacks mitternachtsblaue Augen versanken in ihren, und selbst nach all diesen Jahren fing ihr Herz noch immer an zu rasen, wenn sie diese intensive Verbindung spürte. Jack hatte mehrere Jahre bei den Special Forces verbracht. Jetzt arbeitete er privat als Pilot und leitete ein Unternehmen, das Survival-trainings anbot. Seine erste Frau hatte er in einem schrecklichen Verkehrsunfall verloren und anschließend hatte er sich jahrelang in seine Berghütte verkrochen. Bis er Savannah kennengelernt hatte. Ihre Verbindung war zu stark gewesen, um sie zu ignorieren. Savannah hatte die Hoffnung auf eine Beziehung schon aufgegeben, als sie Jack kennengelernt hatte, aber sie hatten sich gegenseitig geholfen, ihre Wunden zu heilen, und sie dankte dem Universum für den Mann, ohne den sie keinen einzigen Tag mehr leben wollte.

Als Jack gerade etwas sagen wollte, fragte Dane: »Was für Neuigkeiten?«

Jack lachte und sagte: »Ich denke mal, du musst es jetzt erzählen, mein Engel.«

»Wir haben auch Neuigkeiten«, sagte Lacy und strich sich ihre blonden Korkenzieherlocken hinter das Ohr. »Ihr zuerst.«

Savannah verschränkte ihre Finger mit Jacks und sagte: »Ich

ziehe mit meiner Anwaltspraxis nach Weston.«

Hörbares Erstaunen, gefolgt von einem Durcheinander von Fragen und Glückwünschen prasselte auf sie ein. Savannah strahlte und hatte alle Mühe, jedem zu antworten.

»Das ist fantastisch«, sagte Max. »Wirst du weiterhin nur drei Tage arbeiten?«

»Ja, drei Tage. Das ist zumindest im Moment unser Plan«, erklärte Savannah. »Jack und ich wollen allen näher sein. Wir werden nach einem Haus Ausschau halten, damit wir uns einrichten können, bevor das Baby kommt. Und wir behalten unsere Hütte in den Bergen.«

Dylan rief: »Adam zieht hierher!«, und löste damit weitere Jubelrufe unter den Kindern aus.

»Kann ich trotzdem noch zu eurer Hütte kommen?«, fragte Adriana. Sie liebte es, Zeit mit ihnen in den Bergen zu verbringen.

»Natürlich«, sagte Jack. »Du bist doch meine Wanderpartnerin.«

»Und was ist mit eurer Wohnung in Manhattan?«, erkundigte sich Hugh.

»Die behalten wir«, sagte Savannah. »Wenn ich dort einen Mandanten treffen muss, haben wir noch eine Bleibe vor Ort.«

»Ihr könnt auch immer in unserem Apartment übernachten«, erinnerte Josh sie. »Und ich bin sicher, Treat lässt euch auch in seinem wohnen.«

»Das ist wirklich sehr nett von euch«, sagte Jack, »und wir kommen vielleicht mal darauf zurück, falls wir uns doch entscheiden sollten zu verkaufen.«

»Für die Suche nach einem Haus kann ich euch mit meinem Makler bekannt machen und du kannst ein Büro in meinem Gebäude bei der Bibliothek nutzen«, bot Treat an.

»Wir hatten gehofft, dass du das sagen würdest«, sagte Savannah. »Aber nur, wenn du es mich mieten lässt.«

Treat winkte ab. »Dein Geld nehme ich nicht, Vanny.«

»Dann nehme ich dein Büro nicht«, erwiderte sie mit erhobenem Kinn. Sie liebte ihre Brüder, aber sie stand gern auf eigenen Füßen.

Max legte die Hand auf Treats Bein und sagte: »Wie wär's, wenn wir diese Diskussion auf später verschieben? Ich freue mich riesig, dass ihr in unserer Nähe sein werdet.«

»Wir auch. Es fühlt sich richtig an.« Savannah schaute zu Lacy und sagte: »Okay, ihr seid dran. Was sind eure Neuigkeiten?«

»Wir ziehen auch zurück!«, sagte Lacy und wieder brandete Jubel auf.

Savannah und die anderen Frauen kreischten erfreut. Die Kinder sprangen auf, hüpften auf und ab und riefen: »Finn zieht hierher! Finn zieht hierher!«

»Ich fasse es nicht!«, sagte Riley. »Ich freue mich so!«

»Was ist mit eurem Boot?«, wollte Josh wissen.

Hugh schüttelte den Kopf. »Du ziehst doch nicht ernsthaft aufs Festland!«

Dane hatte seit dem Collegeabschluss auf dem Wasser gelebt, aber während es Savannahs Brüder vielleicht erstaunte, dass Dane eine so drastische Veränderung in seinem Lebensstil vorhatte, so überraschte es seine Schwester nicht. Sie hatte verfolgen können, wie jeder ihrer Brüder sich auf eine vorher unvorstellbare Art und Weise verändert hatte, nachdem sie sich in ihre Frauen verliebt hatten. Sie kuschelte sich enger an ihren Ehemann und wusste aus eigener Erfahrung, welche Veränderungen wahre Liebe mit sich bringen konnte.

»Jetzt mal ganz ruhig!«, sagte Hal mit ausgestreckten Armen.

»Kinder, setzt euch auf euren Hintern. Ich will Onkel Dane zuhören, und im Moment höre ich nur kleine Stimmen.«

»Ich hab keine kleine Stimme!«, rief Christian und sorgte damit für allgemeines Gelächter – nur nicht von Hugh.

»Du sollst Grandpa keine Widerworte geben!«, schimpfte Hugh mit ihm.

Christian rutschte auf den Knien hinüber zu Hal, legte seine kleinen Hände auf die breiten Knie seines Großvaters und sah mit seinen großen braunen Augen zu Hal auf. »Es tut mir leid, Grandpa, aber ich habe eine große Stimme. Das hast du selbst gesagt. Weißt du noch? Du hast gesagt, eines Tages wird es die Stimme eines großartigen Mannes.«

Hal hob Christian auf seinen Schoß. »Du hast recht, mein Kleiner. Das habe ich gesagt und du hast eine große Stimme. Wahrscheinlich hätte ich sagen sollen, dass ich nur die Stimmen von euch Kindern höre.«

»Genau«, pflichtete Christian ihm bei.

»Danke für die Lektion in Sachen Semantik, mein Junge.« Hal gab Christian einen Kuss auf den Kopf und sagte: »Und jetzt lasst uns mal hören, was Onkel Dane zu sagen hat.«

»Wir haben ein Grundstück zwischen Weston und Allure gekauft, etwa dreißig Minuten von der Ortsmitte entfernt.« Dane schaute Lacy liebevoll an und sagte: »Wir wollten näher bei Lacys Schwestern und euch allen sein. Und wir sind zu dem Entschluss gekommen, dass dies der perfekte Ort ist, um unsere neue Firma aufzubauen. Wir werden ein Indoor- und Outdoor-Meereszentrum für Kinder eröffnen, mit einem kleinen Aquarium, pädagogischen Ausstellungen über Haie und andere Meeresbewohner und mit vielen interaktiven Elementen.«

»Wir hoffen, dass wir Exkursionen und andere Veran-staltungen anbieten können, zum Beispiel Geburtstagsfeiern«, fügte Lacy hinzu. »Mit meiner Erfahrung im Marketing und Danes Wissen und Beziehungen wird das bestimmt gut einschlagen.«

»Noah will bei uns mit einsteigen«, sagte Dane. Ihr entfernter Cousin Noah Braden war Meeresbiologe.

»Das ist genial«, sagte Treat. »Aber warum wollt ihr euer Zentrum auf das Meer begrenzen?«

Dane zuckte mit den Schultern. »Damit kenne ich mich aus.«

»Ich kenne mich mit der Natur in den Bergen aus, also falls ihr euer Angebot je auf diesen Bereich ausweiten wollt, wäre ich daran interessiert, mich einzubringen«, schlug Jack vor.

»Im Ernst? Das wäre großartig.« Dane schaute zu Lacy, die ebenfalls begeistert nickte.

»Hey, Bruderherz, ich bin auch dabei«, sagte Hugh. »Ich habe Zeit und Geld, falls du Kindern eventuell etwas über das Rennfahren beibringen willst, was weitaus cooler ist als Haie und Berge.«

»Wer behauptet das?«, höhnte Jack.

Dane lachte. »Meinst du das im Ernst oder veräppelst du mich nur?«

»Das meine ich ernst.« Hughs Augen strahlten. »Überleg doch mal: Du könntest eine Rennstrecke mit Miniautos und interaktiven Tafeln einrichten, auf der die Kinder fahren und alles über Sicherheit im Verkehr lernen könnten und gleichzeitig Spaß haben.« Er grinste und fuhr fort: »Außerdem hast du gute Connections zu dem besten Rennfahrer überhaupt. Die solltest du nutzen.«

Brianna verdrehte die Augen und sagte: »Mein bescheidener Ehemann ...«

»Als es an die Verteilung von Bescheidenheit ging, hat Treat sich meinen Anteil geschnappt«, meinte Hugh mit einem Zwinkern in Richtung seines großen Bruders.

»Das ist ein großartiges Geschäftsmodell«, sagte Treat. Mit einem Lachen fügte er hinzu: »Auch wenn ihr das Rennfahren mit hineinnehmt.«

»Das sind alles fantastische Ideen, die es für die Kinder noch interessanter machen würden«, sagte Lacy.

Während Dane und Lacy mehr Einzelheiten über ihre Pläne verrieten, brachten auch Hugh und Jack noch einige Ideen für das aufregende Unterfangen ein.

»Scheint, als wäre die erste Braden-Remington-Multi-Erlebniswelt auf den Weg gebracht«, sagte Dane. »Da wäre nur noch eine Angelegenheit, für die ich eine Zustimmung bräuchte, bevor wir mit allem loslegen könnten. Dad, wir hatten gehofft, dass wir eine Zeit lang bei dir wohnen könnten, während wir unser Haus bauen. Glaubst du, das ginge? Es könnte allerdings eine Weile dauern.«

Das Lächeln in Hals Gesicht war nichts im Vergleich zu dem Strahlen in seinen Augen. »Junge, wenn es nach mir ginge, würde jedes einzelne von euch Kindern wieder zu Hause einziehen.«

»Wir ziehen alle bei Grandpa ein!«, rief Christian und rutschte von Hals Schoß herunter.

Die Erwachsenen lachten, die Kinder johlten und Hal sagte: »Wie es aussieht, wird mir mein Weihnachtswunsch doch noch erfüllt.«

Vier

Josh machte die Tür zu Hals Haus auf und die Kinder rannten an ihm vorbei in das Wohnzimmer. »Langsam, langsam«, rief er ihnen hinterher. *Ich höre mich an wie Dad damals.* Er lächelte in sich hinein und dachte, dass das gar nicht so verkehrt war.

»Viel Glück dabei«, sagte Rex und ging mit Josslyn auf dem Arm an ihm vorbei. »Die sind vollkommen aufgedreht.«

Josh schüttelte den Kopf. »Keine Ahnung, wie das nach der Kutschfahrt, dem Schlittenfahren und den Wunderkerzen überhaupt noch möglich ist. Ich dachte, die wären alle so erledigt wie Abi.« Abigail schlief tief und fest auf Rileys Arm.

»Entschuldigung«, sagte Adriana laut, als sie und Layla sich mit Brianna und Lacy vorbeischoben.

»Wir holen Milch und Kekse für alle«, rief Brianna auf dem Weg in die Küche.

Rex warf einen Blick in das Wohnzimmer, in dem die Jungs sich ihrer Jacken, Mützen und Handschuhe entledigten. »Hey, lasst euren Kram nicht auf dem Boden herumliegen.«

»Räumen wir gleich weg!«, kam es einstimmig von den Jungs zurück.

Rex warf Josh einen vielsagenden Blick zu. »Klar doch. Würdest du kurz Little Hal im Auge behalten, während wir

Josslyn eine frische Windel verpassen?«

»Sie schläft«, bemerkte Josh, als Jade und die anderen ins Haus kamen.

»Eben.« Rex gab Jade einen Klaps auf den Hintern, sie kicherte und eilte mit ihrem Mann die Treppe hinauf.

Treat kam mit Bryce herein, der an seiner Brust schlief, und schaute Rex und Jade hinterher. »Wo gehen die denn hin?«

»Wir sprechen von Rex«, sagte Josh. »Was glaubst du denn, wo die hingehen?«

Treat grinste und trat beiseite, um sich und Bryce die Jacken auszuziehen.

»Der Kerl hat mehr Testosteron als alle anderen Männer, die ich kenne«, sagte Max und handelte sich damit einen verärgerten Blick von Treat ein. »Abgesehen von dir natürlich, mein Schatz«, fügte sie rasch hinzu. »Aber das weißt du ja.« Sie stellte sich neben Treat auf die Zehenspitzen und Josh hörte sie sagen: »Ich habe übrigens einen Doppelschlafsack für uns beide dabei.«

»Das musste ich jetzt nicht hören.« Josh zog sich den Mantel aus, hängte ihn auf und half Riley mit Abigail. Als er Abigails Arm aus ihrer Jacke zog, fragte er Riley: »Ri, was meinst du, sollten wir sie nach oben ins Bett bringen?«

»Damit sie den ganzen Spaß verpasst? Auf keinen Fall.« Riley schlüpfte aus ihrem Mantel und hängte ihn in den Schrank. »Das ist eine Braden-Tradition und sie bedeutet deinem Vater unglaublich viel. Ich möchte, dass es unseren Kindern ebenso gefällt wie uns.«

Josh nahm ihr Abigail ab und zog Riley in seine Arme, als Max beladen mit Kinderjacken vorbeiging: »Das muss doch irgendwie einfacher gehen.«

»Wir könnten ein Kinderhaus bauen, in dem wir sie

herumrennen und alles unordentlich machen lassen, während wir Erwachsenen hierbleiben«, schlug Josh vor.

Max ließ den Haufen Jacken neben der Garderobe fallen und sagte: »Ich wäre fast dafür. Aber dann wäre es im Erwachsenenhaus zu ruhig und am Ende wären wir doch alle im Kinderhaus.« Sie machte sich daran, die Jacken aufzuhängen, und als Riley dazukam, um ihr zu helfen, winkte Max ab. »Macht ihr zwei nur mit dem weiter, was ihr gerade vorhattet. Das hier schaffe ich schon.«

»Beste Schwägerin weit und breit«, sagte Josh und zog dann mit Abigail auf dem Arm Riley wieder an sich und sagte: »Und du bist die beste Ehefrau weit und breit.« Er küsste sie voller Inbrunst und löste damit ein gieriges Stöhnen aus.

»Hey, küssen ist okay, aber auf die Geräuschkulisse kann ich verzichten«, scherzte Max.

Riley lachte, doch dann hielt sie inne und rief: »Fast hätten wir die Pyjamas vergessen!« Sie verschwand im Arbeitszimmer und kam mit einem Karton voller Pyjamas heraus, die sie für alle Kinder gemacht hatten, und trug ihn in das Wohnzimmer. »Also, Kinder, kommt mal alle her! Ich und Onkel Josh bringen eine neue Kollektion von Kinderkleidung für die Boutique heraus, die wir in Ocean Edge, Treats Hotelanlage auf Cape Cod, eröffnen werden, und wir haben extra für euch Pyjamas gemacht!«

»Pyjamas!«, schrie Dylan und rannte wie der Rattenfänger von Hameln mit den anderen Jungs im Schlepptau herbei.

Alle Jungs fingen an, sich an dem Karton zu schaffen zu machen, sodass Treat sagte: »Wie wär's, wenn wir Tante Riley das Verteilen überlassen?«

»Okay«, knurrte Dylan mürrisch.

»Guter Junge.« Treat nahm mit Bryce auf dem Sofa Platz

und schaute Riley zu.

»Eine neue Kinderkollektion?«, fragte Jack. »Das ist klasse.«

»Ja!«, stimmte Riley begeistert zu. »Es macht uns einen Riesenspaß, Kinderkleidung zu entwickeln. Das war Mias Idee.« Mia war die Assistentin von Josh. »Wir fangen gerade mit einigen Entwürfen für Freizeitkleidung und Nachtwäsche an. Wir entwerfen für die Boutique natürlich auch Kleidung für Erwachsene, aber wir wollen uns etwas breiter aufstellen.«

»Ich bin gespannt, was euch so eingefallen ist«, sagte Max, als sie sich neben Treat setzte.

Hugh und Dane brachten eine Ladung Schlafsäcke und Decken herein, ließen sie auf den Boden fallen, warfen einen Blick auf die Kinder, die hin und her sprangen und endlos plapperten, und verschwanden in der Küche.

»Christian und Dylan, die hier sind für euch.« Riley hielt rot-schwarz gestreifte Hosen und rote Oberteile in die Höhe, auf denen vorne der Aufdruck »Bandenführer« stand.

»Du meine Güte, die sind der Wahnsinn!«, rief Max aus.

»Cool!«, brüllte Christian, als er und Dylan sich ihre Pyjamas schnappten.

»Was sagt man?«, ermahnte Max sie.

»Danke!«, ertönte es einstimmig.

Riley gab Layla und Adriana ihre Pyjamas. »Rot-weiß gestreifte Hosen mit rotem Oberteil für unsere großen Mädchen.«

»Danke!« Adriana umarmte Riley. Sie drehte sich zu Treat und Max herum und hielt ihr Oberteil in die Höhe. »Da steht mein Name drauf!«

Layla schaute ihren Schlafanzug an und sagte: »Bei mir auch!« Sie zeigte allen ihr Oberteil mit ihrem hübsch geschwungenen Namenszug darauf. »Den finde ich toll! Danke!« Sie umarmte Josh und anschließend Riley.

Die Freude, die in den Augen der Kinder zu lesen war, machten all die Stunden, die Josh und Riley in den Entwurf und die rechtzeitige Fertigstellung der Pyjamas gesteckt hatten, tausendmal wett.

»Die sind wunderschön«, sagte Max.

»Danke.« Riley strahlte Josh an und sagte: »Das Entwerfen macht jede Menge Spaß.«

Josh hatte nie in Betracht gezogen, Kleidung für Kinder zu entwerfen, aber als Mia die Idee aufgebracht hatte, waren er und Riley sofort Feuer und Flamme gewesen und hatten sich gefragt, warum sie nicht längst selbst auf den Gedanken gekommen waren. Kinderkleidung zu designen, bot viel mehr Freiheiten als Entwürfe für Erwachsene, und wenn im ersten Jahr alles gut lief, würden sie es vielleicht auf Festkleidung für Kinder ausdehnen.

»Komm!« Adriana nahm Layla bei der Hand und sagte: »Wir ziehen uns im Badezimmer um!«

»Und für die drei Musketiere Finn, Adam und Little Hal haben wir grün-rot gestreifte Hosen mit grünen Oberteilen.« Sie gab jedem von ihnen einen Pyjama, und alle drei Jungs fingen an, sich auszuziehen.

»Mini-Chippendales im Wohnzimmer. Nett!«, meinte Josh lächelnd.

»Und wir haben zuckersüße Strampelanzüge für Abi, Joss und Bryce. Alle mit einem anderen Muster.« Sie gab Max den Pyjama für Bryce. »Wo ist Josslyn?«

»Rex und Jade sind mit ihr nach oben gegangen, um ihr die Windel zu wechseln, sind aber nicht wieder heruntergekommen«, sagte Josh und reichte Riley die Hand, um ihr aufzuhelfen. »Ich glaube, sie machen das, was ich gern tun würde.«

»Aah«, stöhnte Savannah, als sie sich an Josh vorbeischob, um Adam beim Anziehen zu helfen. »Ich will alles über eure neue Kollektion erfahren, aber nicht, was du mit deiner Frau anstellen möchtest.«

»Okay, bin fertig!«, rief Little Hal.

Josh schaute zu ihm und lachte. »Warum bist du nackt?«

Little Hal sah an sich herunter und zuckte mit den Schultern.

»Weil er Rex' Sohn ist«, sagte Hal, der gerade mit zwei Schlafsäcken das Wohnzimmer betrat. Er legte sie ab und sagte: »Als Rex in seinem Alter war, hat er bei jeder Gelegenheit, die sich ihm bot, alles ausgezogen, was er am Leibe trug. Jetzt komm, mein Junge, ziehen wir lieber mal etwas über deinen Schniedel, denn hier sind zu viele Damen um uns herum.«

»Wo ist der Pyjama für Grandpa?«, wollte Little Hal wissen, während Grandpa sich niederkniete, um ihm in seinen Schlafanzug zu helfen.

»Gute Frage«, sagte Riley, die gerade gemeinsam mit Josh Abigail ihren Pyjama anzog. »Wir haben nur für die Kinder Schlafanzüge gemacht. Aber ich wette, Grandpa hat auch einen tollen Pyjama.«

»Vielleicht will Grandpa ja nackig sein!«, sagte Christian, als er sich das Pyjamaoberteil über den Kopf zog.

»Nein!«, sagten Treat und Josh gleichzeitig.

Josh schaute sich um und fragte: »Warum sind eigentlich unsere anderen Brüder nicht hier?«

»Hugh und Dane sind vorhin in die Küche gegangen. Wahrscheinlich helfen sie mit der Verpflegung«, sagte Riley und hob Abigail hoch.

»Ich schau mal, ob ich helfen kann.« Josh gab Riley einen

Kuss und ging in die Küche, wo er Lacy rittlings auf Danes Schoß entdeckte. Die beiden saßen auf einem Stuhl am Fenster und knutschen wild. Josh räusperte sich.

»Mann!«, fauchte Dane ihn an. »Merkst du noch was?«

»Meine Güte, Dane. Und wenn euer Junge hereinkäme?« Josh schnappte sich einen Keks.

Lacy kicherte und sagte: »Das wäre nicht das erste Mal, dass er uns beim Küssen erwischt. Ist Abigail noch nie hereingeplatzt und hat dich und Riley in einer kompromittierenden Situation ertappt?«

Josh grinste. »Okay, anderes Thema … Habt ihr Hugh gesehen?«

Danc zeigte in Richtung Speisekammer und grinste. »Brianna ist bei ihm.«

»Okay, wisst ihr was? Mir reicht das hier alles jetzt. Meine Frau und ich brauchen auch mal Zeit zum Rummachen. Wie wär's, wenn ihr eine Zeit lang auf unser Baby aufpasst?«

Lacy gab Dane einen kurzen Kuss und rutschte von seinem Schoß. »Mach ich!« Sie eilte an Josh vorbei und gab ihm im Hinausgehen einen Klaps auf die Schulter.

»Du bist echt mies«, sagte Dane zu Josh.

»Euer Finn ist drei und hat die anderen Jungs zum Spielen. Abi braucht uns rund um die Uhr, also ja, da bin ich in deinen Augen gern für zwanzig Minuten ein bisschen mies, aber in den Augen meiner Frau …«, lachte Josh selbstbewusst, »werde ich ein Sexgott sein.«

Riley betrat genau in dem Moment die Küche, als er *Sexgott* sagte, und während sie ihren Körper an seinen drückte, raunte sie: »Baby, du hast den Status Sexgott überschritten, als wir unseren Esstisch eingeweiht haben. Komm, Lacy meinte, wir haben eine halbe Stunde.«

Als sie den Raum verließen, rief Dane ihnen hinterher: »Ich werde nie wieder bei euch zu Hause essen!«

Dane ging ins Wohnzimmer, um nach seinem Sohn zu sehen und herauszufinden, ob er seine wunderschöne Frau überreden könnte, sich noch einmal mit ihm davonzustehlen. *Josh, dieser dämliche Spielverderber!* Aber eigentlich konnte Dane es ihm nicht übel nehmen. Mit seinen drei Jahren beschäftigte Finn sich schon mal eine Weile selbst, aber Dane erinnerte sich noch allzu gut an die Zeit, als sein Sohn kleiner gewesen war. Er musste grinsen, als er an ihre Quickies in der Küche dachte, während Finn Fernsehen schaute, oder auf dem Deck des Bootes, wenn er unten schlief. Kinder waren die beste und schlimmste Art der Verhütung, denn durch sie wurde es so schwer, Zeit für Sex zu finden. Und wenn sie mal dazu kamen, war Verhütung das Letzte, woran Dane dachte. Leider hatte es bei ihm und Lacy bisher nicht mit einem weiteren Kind geklappt, was ebenfalls ein Grund dafür war, sich an Land niederzulassen. Sie wollten es ihrer Familie erst erzählen, wenn ihre Bewerbung angenommen wurde, aber sie hofften darauf, ein Kind adoptieren zu können, sobald sie in ihrem neuen Heim wohnten.

Das Wohnzimmer war ein mühsam kontrolliertes Chaos. Alle waren damit beschäftigt, Schlafsäcke auszulegen, Kissen zu positionieren und Decken für ihre Pyjamaparty zu verteilen. Layla ließ Abigail dabei helfen, ihren Schlafplatz einzurichten, und inmitten von all dem Trubel las Lacy Finn etwas vor. Finn saß auf ihrem Schoß und hielt seinen blauen Plüschhai

Chomper fest an sich gedrückt. Lacy hatte die Gabe, alles außer ihrem Sohn um sich herum ausblenden zu können, und das war nur eines der Dinge, die Dane an ihr liebte. Sie war immer der Ruhepol in seinem stürmischen Leben gewesen, der Anker, der ihn festhielt.

Sie schaute auf und bemerkte, wie er sie anblickte, und lächelte. Ihr Lächeln reichte bis in ihre hübschen blauen Augen und er spürte ihre Liebe tief in seiner Brust. Er hatte nie gedacht, dass er jemanden so sehr lieben konnte, wie er sie und Finn liebte, doch diese Liebe wuchs mit jedem Tag ins Unermessliche weiter.

Sein Vater trat neben ihn und legte den Arm um seine Schulter. »Du hast eine schöne Familie, mein Junge.«

»Danke, Dad.«

»Eure Mutter lächelt auf uns herab und freut sich wie eine Schneekönigin darüber, dass ihr die Pyjamaparty-Tradition fortführt.«

»Ich weiß, Dad.« Dane wusste, dass sein Vater glaubte, richtige Gespräche mit ihrer verstorbenen Mutter zu führen, und lange hatte Dane ihn dafür bemitleidet. Doch dann hatte er Lacy kennengelernt, und immer wenn er in der Tiefsee tauchte, Haie mit Sendern versah und unter Wasser forschte, hörte er das Flüstern ihrer Stimme. Dieses Flüstern hatte einen Gläubigen aus ihm gemacht. Er wusste mit einer Gewissheit, die über jeden Zweifel erhaben war, dass ihre Liebe stark genug war, um alles zu durchdringen. Und soweit er es erlebt hatte und ihm berichtet worden war, war die Liebe seiner Eltern ebenso real.

»Sieh dir deinen Jungen mit Lacy an, so unglaublich ruhig mitten in all diesem Lärm«, sagte Hal. »Du und Mama, ihr wart genauso.«

»Wirklich?« Die Vorstellung gefiel ihm.

»Und ob. Ihr beide wart euch so ähnlich. Ein kleines Vögelchen hat mir verraten, dass es noch einen Grund dafür gibt, dass ihr in die Gegend zurückzieht. Möchtest du mir etwas sagen?«

Dane sah ihn verwundert an. »Wie kommt es, dass du es immer weißt, wenn ich etwas vor allen verheimliche?«

Hal grinste und sagte: »Was mir nicht meine väterliche Intuition verrät, flüstert mir ein gewisses Vögelchen ins Ohr.«

»Und das ist Mom, klar. Es gibt tatsächlich etwas, Dad. Sobald wir uns niedergelassen haben, möchten wir gern ein Kind adoptieren. Luke hat uns den Namen der Agentur gegeben, bei der er und Daisy waren, und wir legen nach Neujahr mit dem Papierkram los.« Luke und seine Frau Daisy aus Trusty hatten vor Kurzem ein süßes einjähriges Mädchen namens Kendal aus Guyana adoptiert.

»Das ist wunderbar, aber warum willst du das den anderen nicht sagen?«

»Weil ich mir den Mist über meine ›langsamen Schwimmer‹ nicht anhören will«, erklärte er ehrlich.

»Ich glaube, da schätzt du deine Geschwister falsch ein«, sagte Hal ernst. »Sie nehmen kein Blatt vor den Mund, aber sie sind nicht unsensibel.«

»Ich habe zur Genüge mit meinen anatomischen Vorzügen angegeben«, stöhnte Dane. »Da werden sie zu Recht über mich herziehen, aber ich will es nicht über Weihnachten hören.«

Hal schmunzelte. »Dagegen kann ich nichts einwenden. Aber ich finde es schön, dass du und deine Frau einem Kind, das es braucht, ein gutes Leben schenken wollt. Ich bin stolz auf dich, mein Junge. Und jetzt tu mir den Gefallen und zerre deinen Bruder und Jade aus ihrem Liebesnest, damit wir mit unserem Filmabend loslegen können.«

Fünf

Die Kinder krabbelten über die Decken und Schlafsäcke, spielten mit ihren Spielsachen und warteten ungeduldig auf die Kekse, den Kakao und den Film. Die alljährliche Pyjamaparty war eines von Rex' Lieblingsfamilienevents. Der Geräuschpegel und das Wirrwarr erinnerten ihn an die Zeit, als ihre Mutter noch gelebt hatte. Er war erst acht Jahre alt gewesen, als sie starb, aber er würde nie vergessen, wie ihre positive Energie einen Raum erhellen konnte. Sie stellte für die Pyjamaparty immer die Möbel um, und dann konnte es passieren, dass sie sie mitten am Abend noch einmal umstellte, nur weil sich etwas einfach nicht richtig anfühlte. Bei ihr ging es immer um den Energiefluss und die positive Atmosphäre, und sie hatte die ihr ganz eigene Gabe, ihre Rasselbande mit nur einem Blick zur Ruhe zu bringen – eine Fähigkeit, die auch Hal besaß. Rex hatte keine Ahnung, wie seine Eltern mit den sechs Kindern zurechtgekommen waren, aber als sein Blick nun zu seinem Vater wanderte, der neben Treat auf dem Sofa saß, schmerzte es ihn vor Dankbarkeit und Respekt für den Mann, der ihre Familie zu einem Zeitpunkt zusammengehalten hatte, als er sicher am liebsten zerbrochen wäre.

»Wer hat all die Tannenbaumkekse gegessen?«, fragte Max,

die mit einem Tablett voller Krümel aus der Küche kam und nun Hugh und Dane vorwurfsvoll anblickte.

»Hey, mich brauchst du nicht anzugucken«, sagte Hugh.

Max seufzte. »Du warst mit Dane als Letzter in der Küche.«

Rex' Blick schoss direkt zu Little Hal, der bekannt dafür war, Kekse zu stibitzen, aber der schaute sich auch nach dem Schuldigen um. Rex hörte ein Kichern hinter dem Sofa und schaute nach. Er entdeckte Dylan und Christian, die sich noch schnell ein paar Kekse in den Mund stopften. Ihre Pyjamas waren mit Krümeln übersät. Sie schauten auf, mit großen Augen, den Mund voller Kekse und Zuckerguss in Grün und Rot auf den Lippen, und sagten unisono: »Wir waren es nicht.«

Prustend lachte Rex auf, bevor er sich zusammenreißen konnte. Er zog sie an ihren Armen auf die Füße. »Ich denke, ich habe die Schuldigen gefunden.« Er gab beiden einen Klaps auf den Hintern und schob sie zu ihren Eltern. »Lasst sie eine Woche den Abwasch machen.«

»Ich hab was Besseres mit ihnen vor«, sagte Max. »Dylan Braden, komm her.«

»Warum überrascht es mich nicht, dass unser Sohn damit zu tun hat?«, meinte Brianna mit einem Blick zu Hugh, der nach Christians Hand griff.

Josh lachte und sagte: »Weil er Hughs Sohn ist.«

Hugh bedachte ihn mit einem wütenden Blick.

»Ich *bin* dein Sohn, Daddy«, sagte Christian und verteilte dabei überall Krümel.

»Das ist vielleicht nichts, was du so stolz verkünden solltest, kleiner Mann«, meinte Dane mit einem Lächeln.

»Ihr könnt von Glück sagen, dass wir noch ein paar Bleche mehr gebacken haben«, sagte Max, als sie sich neben Dylan kniete. »Du schuldest deinen Cousins und Cousinen eine

Entschuldigung dafür, dass ihr all die Kekse gegessen habt. Und morgen früh hilfst du beim Frühstück, um es wiedergutzumachen.«

»Tut mir leid, dass wir die Kekse gegessen haben!«, rief Dylan und fragte dann mit einem breiten Grinsen: »Können Christian und ich dann Raketen-Pancakes zum Frühstück machen? Weißt du, solche, wie Charlotte gemacht hat?«

Max lief hochrot an, und alle Erwachsenen versuchten – vergeblich –, sich das Lachen zu verkneifen. Josh und Riley hatten in Charlottes Gasthof Sterling House geheiratet, genau dort, wo auch Hal und ihre Mutter geheiratet hatten. Zu der Zeit war das ländliche Gasthaus nicht mehr als Feriendomizil in Betrieb gewesen, aber die Eigentümerin Charlotte Sterling, Autorin von erotischen Liebesromanen, lebte dort. Mittlerweile war sie mit Beau Braden, einem entfernteren Cousin von Treat und seinen Geschwistern, verlobt, und gemeinsam renovierten sie den Gasthof. Als Rex und seine Familie an jenem Wochenende für die Hochzeitsfeier eingetroffen waren, hatte Charlotte gerade Pancakes in Form von Penissen gebacken, um eine Szene nachzustellen, die sie für eines ihrer Bücher entwickelte. Spontan hatte sie den Kindern erzählt, dass diese Pancakes Raketen darstellen sollten. Soweit Rex gehört hatte, stellte Charlotte noch immer Szenen für ihre Romane nach, und dabei war meist deutlich mehr Pfeffer im Spiel als bei den Pancakes.

Max räusperte sich und schaute verstohlen zu Treat, der sich erhob und sagte: »Komm, Dylan, wir unterhalten uns mal.«

»Über Raketen-Pancakes?«, fragte Dylan.

»Darüber, dass man immer teilen und nicht nur an sich denken sollte«, erklärte ihm Treat, als sie hinausgingen.

Hugh und Christian folgten ihnen, während Lacy und Riley

gerade mit Tabletts voller Kindertrinkbecher ins Wohnzimmer kamen.

»Die restlichen Kekse stehen bereit«, sagte Lacy, als sie das Tablett abstellte.

»Ich hole sie«, sagte Jade und warf Rex einen *Komm mit*-Blick zu, als sie in die Küche ging.

Sein Innerstes vibrierte vor Begehren. Er wusste, dass seine Brüder glaubten, sie hätten es vorhin oben getrieben, aber sie irrten sich. Jade hatte erst vor wenigen Wochen ihr süßes Mädchen zur Welt gebracht. Sie war müde und ihr Körper war noch nicht bereit für ihre wilden Liebesspiele. Aber sie hatten jede ruhige Sekunde in den Armen des anderen genossen, um einfach nur nackt beieinanderzuliegen, sich zu küssen und zu kuscheln, ohne sich darüber Sorgen zu machen, dass Little Hal hereinstürmte.

Rex ging Richtung Küche, doch Dane hielt ihn am Arm fest. Rex hob eine Augenbraue und sagte: »Hast du irgendein Problem, Bruderherz?«

Amüsiert sah Dane ihn an. »Wenn du in diese Küche gehst, landest du wieder mit deiner Frau im Schlafzimmer, und dann müssen wir mit dem Film warten. Und *dazu* wird es nicht kommen.«

Rex grinste. »Wer ist eigentlich in diesem Jahr dran, den Film auszusuchen?«

»Ich«, sagte Josh, der mit Abigail in einem der Fernsehsessel saß. »Ich habe mich für *Das Wunder von Manhattan* entschieden. Ein Klassiker.«

»Also eigentlich bin ich dran«, sagte Rex. »Wir sehen *Fröhliche Weihnachten.*«

»Ich finde nicht, dass sich unsere Kinder einen Jungen anschauen müssen, der ein Gewehr zu Weihnachten haben will«, sagte Dane.

»Wer kriegt ein Gewehr zu Weihnachten?«, wollte Adriana wissen und löste einen Schwall von Fragen aus.

Während die Erwachsenen diese alle beantworteten und den Kindern von dem Film *Fröhliche Weihnachten* erzählten, kamen Jade und Lacy mit Tellern voller Kekse zurück und stellten sie auf dem Couchtisch ab. Die Kinder sprangen umher und drängten sich um den Tisch, um sich ihre Kekse auszusuchen.

»Einen in jede Hand, nicht fünf«, ermahnte Lacy sie.

»Aber Dylan und Christian haben ein ganzes Blech leer gegessen!«, beschwerte Little Hal sich lautstark.

»Und sie können von Glück sagen, dass wir sie nicht an den Füßen aufgehängt haben«, sagte Treat, als er und Dylan wieder das Wohnzimmer betraten.

Jade ging verführerisch zu Rex und legte die Arme um ihn. Sie schob die Hände in seine Gesäßtaschen, sah eindringlich zu ihm auf und sagte: »Zum ersten Mal in unserem Erwachsenenleben hast du mich versetzt. Sollte ich mir Sorgen machen?«

»Nein, Schatz. Dane hat mich festgesetzt und ich werde es für den Rest meines Lebens bei dir wiedergutmachen.« Er drückte seine Lippen auf ihre und flüsterte ihr dann all die schmutzigen Dinge ins Ohr, die er mit ihr anstellen würde, sobald sie bereit dazu war.

»Du meine Güte!« Sie wedelte sich vor dem Gesicht herum, während seine Geschwister darum stritten, wer den Film aussuchen durfte.

»Ähm, nee, tut mir leid«, warf Savannah von ihrem Platz zwischen Adam und Jack auf einem Schlafsack vor dem Tannenbaum ein. »Ich bin dieses Jahr dran und wir sehen *Ist das Leben nicht schön?*«

»Auf keinen Fall«, sagte Dane. »Ich bin dran, und wir verbringen Weihnachten mit den Griswolds.«

Savannah stöhnte auf.

»Genau, *Schöne Bescherung*, das ist der beste Weihnachtsfilm überhaupt.« Dane grinste seine Schwester an.

»Wie wär's mit Rudolph?«, fragte Brianna und rieb sich über den Babybauch.

Riley nahm sich einen Keks und sagte: »Kaum zu glauben, dass niemand *Buddy – Der Weihnachtself* vorgeschlagen hat. Einen besseren Weihnachtsfilm gibt es gar nicht.«

»Auf keinen Fall. Der *Grinch* übertrifft alle. Wer ist für den *Grinch*?«, fragte Hugh in die Runde.

Die Kinder riefen im Chor: »*Grinch! Grinch! Grinch!*«

Rex setzte sich auf das Sofa, zog Jade auf seinen Schoß und sagte: »Mir ist es egal, was wir sehen, solange wir uns nicht bewegen müssen.«

Treat stellte sich mit der ihm eigenen Autorität mitten in den Raum. Er war nicht nur der Älteste der Geschwister, er war auch derjenige, der dafür gesorgt hatte, dass sich jeder von ihnen an ihre Mutter erinnerte. Savannah, Josh und Hugh waren so klein gewesen, als sie starb, dass sie keine richtigen Erinnerungen an sie hatten. Doch Treat ließ sie bei jeder Möglichkeit, die sich ihm bot, an seinen Erinnerungen teilhaben und erzählte endlose Geschichten, die nicht einmal Rex als der Zweitälteste mehr kannte.

»Es ist mein Jahr«, verkündete Treat. »Ich habe den perfekten Film mitgebracht, und ich bin mir sicher, dass er uns allen gefallen wird. Die Kinder können sich schon mal in ihre Schlafsäcke und unter die Decken verkriechen und dann legen wir los.«

Nachdem alle es sich gemütlich gemacht hatten, dimmte Treat das Licht und nahm neben seinem Vater Platz, der wie immer in seinem Ledersessel saß. Treat wusste, dass dieser Sessel der Lieblingsplatz ihrer Mutter gewesen war, bevor es zu dem ihres Vaters geworden war. Er legte die Hand auf Hals Unterarm und sagte: »Das hier ist für dich, Dad. Frohe Weihnachten.«

Der Bildschirm über dem Kamin leuchtete auf, und ein Panoramavideo, das Treat von dem Besitz seines Vaters gemacht hatte, erschien. Es begann mit dem Haus, in dem Hal und Adriana ihr gemeinsames Leben begonnen hatten – das Haus, in dem Treat und seine Geschwister groß geworden waren –, und dann schwenkte die Kamera langsam zu dem dahinter gelegenen Wald, der jetzt zu dem Haus von Treat und Max führte. Es ging weiter zu den Pferdeweiden, auf denen ihre Mutter immer geritten war, zu den Bergen, die in der Ferne lagen und in denen die Familie stundenlange Wanderungen und Ausritte unternommen hatte. Und schließlich tauchten die Scheunen auf und der Schriftzug »DIE BRADENS – UNSERE GESCHICHTE« war auf dem Bildschirm zu lesen.

»Was ist das?«, fragte Savannah voller Bewunderung, und sofort wurde sie von allen ermahnt, still zu sein.

Hal sah zu Treat. »Hast du das gemacht?«

Treat nickte. Das vergangene Jahr über war er die Familienfotos durchgegangen, um diese Erinnerung für seinen Vater und für kommende Generationen zu schaffen. Er wandte den Blick wieder dem Film zu, damit sein Vater keine Sekunde davon verpasste. Ein Schwarz-Weiß-Foto ihrer Eltern aus dem Jahr, in dem sie sich kennengelernt hatten, als ihre Mutter erst vierzehn Jahre alt gewesen war, erschien auf dem Bildschirm. Sie standen auf dem Grundstück von Adrianas Vater an dem Zaun, an dem sie sich das erste Mal begegnet waren. Sie war groß und schlank, hatte lange Haare und ein Lächeln, das aus dem Bildschirm herauszustrahlen schien. Es kam allen so vor, als hätten sie Savannah als Teenager vor sich. Ihr Vater hatte einen dichten dunklen Haarschopf, und obwohl er da noch ein Teenager war, so hatte er doch schon diese große und kräftige Statur.

»O mein Gott«, sagte Savannah. »Taschentücher, Jack. Schnell!«

Die anderen Frauen verlangten auch welche, als das nächste Bild ihrer Eltern erschien, auf dem beide auf ihren Pferden saßen und sich zueinander beugten, um sich zu küssen.

»Ist das Grandma?«, fragte Layla.

»Das ist sie, Schatz«, sagte Hugh und zog sie näher an sich heran.

»Sie ist schön«, sagte Layla. »Sie sieht genauso aus wie du, Adriana. Kein Wunder, dass sie dich nach ihr benannt haben.«

»Adriana sieht aus wie ihre Großmutter«, korrigierte Brianna sie. »Und sie sind beide schön, so wie du auch.«

Adriana schlüpfte aus ihrem Schlafsack und tapste zu Hal hinüber. »Darf ich auf deinen Schoß, Grandpa?«

Hal klopfte sich auf den Oberschenkel und sie setzte sich zu ihm. Er küsste sie auf den Kopf und sagte: »Hab dich lieb, Kleines.«

Treat hörte die Emotionen, die Hal zurückhielt, und auch er selbst hatte einen Kloß im Hals. Er hatte sich immer gewünscht, seine Geschwister hätten mehr Zeit gehabt, ihre Mutter kennenzulernen, so wie er. Er war neun gewesen, als sie krank geworden war, und elf, als sie starb. Und kein Tag verging, an dem er ihr nicht in Gedanken von seiner Familie erzählte.

»Ich hab dich auch lieb, Grandpa«, sagte Adriana, als ein weiteres Bild ihrer verstorbenen Großmutter auf dem Bildschirm erschien. Sie stand unter einem großen Baum und Hal kniete mit einem Strauß Wildblumen vor ihr.

»Oh, Daddy«, sagte Savannah mit Tränen in den Augen. »Du bist so ein Romantiker.«

»Und so gut aussehend«, sagte Max.

Hal sagte nichts. Seine feuchten Augen waren auf den Fernseher gerichtet, während mehr Bilder folgten. Ein Bild von Treats erstem Weihnachtsfest, auf dem seine Mutter ihn in den Armen hielt und auf ihn hinablächelte, während sein Vater sie liebevoll anschaute, und ein Bild von Treat, Dane und Rex, die als kleine Jungs auf dem Zaun bei der Scheune saßen. Ein Bild zeigte Adriana, die Josh als Baby im Arm hielt, während Savannah neben ihr saß und Treat, Rex und Dane daneben mit Spielzeugautos spielten. Auf dem nächsten lag Adriana auf einer Decke am Strand vor dem Haus auf Cape Cod, in dem sie oft Urlaub gemacht hatten und das jetzt Treat gehörte. Treat und Rex spielten weiter entfernt am Wasser. Andere Bilder zeigten seinen Vater mit seiner breiten und muskulösen Statur, wie er mit den Pferden arbeitete oder mit den Kindern am Grill stand, und ein Foto zeigte Adriana, die auf Hope saß und die Arme um Savannah gelegt hatte, die wohl kaum älter als zwei Jahre war.

»Das ist Hope!«, sagte Dylan.

»Also war das, nachdem sie krank geworden war«, meinte Josh leise.

»Kurz danach«, bestätigte Treat. Er würde nie den Schmerz vergessen, den er empfunden hatte, als seine Mutter direkt vor ihren Augen immer schwächer wurde – oder seinen verzweifelten Wunsch, sie am Leben zu erhalten.

Weitere Fotos tauchten auf, die seine Eltern zeigten – Händchen haltend, küssend, bei der Scheune. Treat hatte die Aufnahmen mit dem Fotoapparat gemacht, den seine Eltern ihm zu seinem achten Geburtstag geschenkt hatten. Die meisten Bilder hatte er ohne ihr Wissen geschossen, doch natürlich hatten sie es herausgefunden, nachdem sie den Film hatten entwickeln lassen.

Die Erwachsenen schnieften und gaben bewundernde Laute von sich, während die Kinder Kommentare einwarfen: »Guckt mal, da ist mein Dad!«, »Ist das Onkel Rex oder Grandpa?« oder »Guckt euch mal diese Kinder an! Die sind voller Matsch!«

Auf besagtem Bild waren Treat, Rex und Dane tatsächlich von Kopf bis Fuß mit Matsch bedeckt. Sie waren an einen Bach gegangen, obwohl ihr Vater es ihnen verboten hatte, weil es seit Tagen geregnet hatte. Nach dem Marsch durch den Wald waren sie voller Matsch, und dann war Dane ins Wasser gegangen, um den Dreck abzuwaschen. Treat war ihm gefolgt, und am Ende waren sie alle im Wasser gelandet, hatten gelacht und miteinander gerauft. Auf dem Weg nach Hause hatte es noch ein paar Matschkämpfe gegeben. Nach diesem Ausflug hatten sie alle Hausarrest und gefühlt monatelang zusätzliche Aufgaben im Haushalt aufgebrummt bekommen, aber das war es wert gewesen. Ihrer Mutter war es mittlerweile immer schlechter gegangen und sie hatten alle schwer mit ihren Gefühlen zu kämpfen gehabt.

Der Film zeigte auch kleine Ausschnitte von Geburtstagsfeiern und Festtagen, die Treat von alten Filmrollen gerettet hatte. Die Stimme seiner Mutter zu hören, ließ auch bei ihm alle Dämme brechen, obwohl er den Film schon Dutzende

Male gesehen hatte. Aber er schämte sich nicht und ließ den Tränen freien Lauf, wie auch seine Geschwister.

Hal streckte den Arm aus und drückte Treats Hand, während ihm die Tränen über seine zerfurchten, sonnenverwöhnten Wangen liefen und seine Augen tiefe Dankbarkeit verrieten, bevor er seine Aufmerksamkeit wieder dem Bildschirm zuwandte, auf dem Episoden ihres Lebens an ihnen vorüberzogen.

Eine Sequenz zeigte Adrianas letztes Weihnachtsfest. Sie hatte viel Gewicht verloren und saß in dem Sessel, in dem nun Hal saß, eingewickelt in die Quiltdecke, mit der Hal noch immer schlief. Sie hatte ein Baby, Hugh, auf dem Schoß. Treat stand neben dem Sessel seiner Mutter und sagte: »Leg die Geschenke wieder hin.«

Der kleine Rex sah ihn wütend an und schnauzte zurück: »Du hast mir gar nichts zu sagen!« – mit einer Stimme, die für einen achtjährigen Jungen viel zu tief klang.

Ihre Mutter lachte, wie auch alle, die den Film sahen. Treat erinnerte sich an den Tag, als wäre es gestern gewesen, und er hätte alles dafür gegeben, diese Zeit in die Gegenwart holen zu können.

Das nächste Bild zeigte ihre Mutter im Bett, wenige Tage vor ihrem Tod, mit den Kindern an ihrer Seite. Sie lächelte, und obwohl sie ausgemergelt war, die Haut aschfahl und ihr Körper zu schwach für jegliche Regung, zeigte sich in ihren Augen eine Liebe, die so wahrhaftig war wie die Welt um sie herum. Keiner von ihnen konnte die Tränen zurückhalten.

Savannah vergrub ihr Gesicht an Jacks Brust und Adam fragte: »Warum weinst du, Mama?«

»Ich freue mich nur so, meine Mom zu sehen«, sagte sie. »Ich spüre sie überall um mich herum.«

»Ich auch«, sagte Rex, als das nächste Foto erschien. Es zeigte Hugh an seinem fünften Geburtstag.

Sie standen alle um den Picknicktisch im Garten. Hugh beugte sich über den Kuchen, die Wangen dick aufgebläht, um die Kerzen auszublasen. Rex trug einen Cowboyhut, seine vollen schwarzen Haare reichten ihm bis zum Hemdkragen, so wie er sie auch heute noch trug. Hugh, Savannah und Josh hatten spitze Partyhüte auf. Treat stand neben Hope, die auch so einen Papphut trug, weil Hugh darauf bestanden hatte.

Little Hal hüpfte umher und rief: »Guckt mal, wie Hope aussieht!«

»Das ist albern!«, meinte Finn.

»Ich will, dass Hope an meinem Geburtstag auch einen Hut trägt!«, rief Adam.

»Ist das Christian? Warum war ich nicht auf seinem Geburtstag?«, fragte Dylan.

»Nein, mein Kleiner«, sagte Treat. »Das ist der fünfte Geburtstag seines Daddys.«

Weitere Bilder folgten: Von Rex als stattlichem Teenager, wie er mit einem Pferd trainierte, Hal, der mit der siebenjährigen Savannah auf dem Scheunenfest zu Weihnachten tanzte, von Joshs Highschool-Abschlussparty und von Dane mit seinem ersten Boot. Je mehr Bilder kamen, desto breiter wurde Hals Lächeln. Er sah Savannahs Abschlussfeier vom College, Treat vor der ersten Hotelanlage, die er gekauft hatte, und noch aktuellere Fotos von Hochzeiten und Enkeln.

Das vorletzte Bild erschien und zeigte Hal an Weihnachten ein Jahr zuvor in seinem Sessel, umgeben von all seinen Enkelkindern. Von allen Frauen war ein freudiges »Oooh« zu hören.

Das letzte Foto erschien – Hal und Adriana küssend an

ihrem Hochzeitstag, als Hals Cowboyhut ihm gerade vom Kopf rutschte und beide so herzlich lächelten –, und Treat hätte schwören können, dass er einen warmen Windzug im Raum spürte.

Dane schaute ihn fragend an. »Hast du das auch gemerkt?«

»Ja«, kam es gleichzeitig von Josh und Hugh.

»Sie ist bei uns, Jungs. Sie ist immer bei uns«, sagte Hal, als ein *Rumms* durch die Verandatür drang und die Frauen aufschreckte.

Sie schauten alle in die gleiche Richtung und entdeckten Hope, die durch die Scheibe hereinschaute.

»O nein! Jemand hat die Box von Hope aufgelassen«, sagte Adriana.

Treat und Hal lächelten sich verweint an.

»Nein, mein Schatz«, sagte Hal. »Hope weiß einfach nur genau, wann wir sie am dringendsten brauchen.«

Mehr Bradens gefällig?

Ich hoffe, Ihnen hat das Weihnachtsfest mit den Bradens gefallen. Wenn dies Ihr erster Roman aus der Serie ist, dann möchten Sie vielleicht alle Liebesgeschichten der Bradens aus Weston lesen. Fangen Sie doch gleich mit dem ersten Band *Im Herzen eins – neu erzählt* an, der romantischen Geschichte von Treat und Max. All meine Bücher können unabhängig voneinander gelesen werden. Steigen Sie ein, wo immer Sie möchten!

Neu bei »Love in Bloom – Herzen im Aufbruch«?

In der Reihe »Love in Bloom – Herzen im Aufbruch« werden die Geschichten mehrerer Familien erzählt. Figuren aus jeder Unterserie tauchen in künftigen Bänden der Reihe immer wieder auf. Eine vollständige Liste aller Serientitel und weitere Informationen finden Sie hier:
www.MelissaFoster.com/Herzen-im-Aufbruch

Familienstammbäume, Serien-Checklisten und vieles mehr finden Sie auf der Seite mit »Reader Goodies« (in englischer Sprache):
www.MelissaFoster.com/RG

Eins

Normalerweise charterte Treat Braden kein Flugzeug. Seinen Reichtum zur Schau zu stellen, war nicht seine Art. Aber heute in seiner Hotelanlage in Nassau festzustecken, nachdem er den Linienflug verpasst hatte, stank ihm gewaltig. Überall auf der Welt besaß er exklusive Resorts, die schon so oft in Reisesendungen vorgestellt worden waren, dass ihm bei dem Gedanken übel wurde, diese lächerlichen PR-Spielchen mitspielen zu müssen. Seit einiger Zeit nervte ihn dieser übertriebene Pomp, und das war vor seiner Begegnung mit Max Armstrong nie der Fall gewesen. Zu viele lange, einsame Wochen war es her, dass er sie in der Lobby seiner Hotelanlage in Nassau gesehen hatte. Zu viele Wochen, seit sein Herz zum ersten Mal so heftig getost hatte, dass es ihn vollkommen von den Socken gehauen hatte – und zu viele Wochen, seit sie einen unglaublichen Abend miteinander verbracht hatten. Treat war nicht naiv. Ihm war bewusst, dass er keine Besitzansprüche auf sie geltend machen konnte, auch nach diesem gemeinsamen Abend nicht. Mann, sie hatten ja nicht einmal miteinander geschlafen. Und doch war sein Blut in Wallung geraten, und doch hatte er sich am nächsten Morgen wie ein Arschloch benommen, als er sie mit einem anderen Mann vor dem Aufzug gesehen hatte. Denn sie hatte die gleichen Klamotten an wie an dem Abend zuvor, als Treat sich von ihr verabschiedet hatte.

Seit ihrer ersten Begegnung konnte er nicht aufhören, an Max zu denken, trotz diesem unangenehmen Zusammentreffen am Morgen, aber er hatte sich schon einmal verbrannt, und er war nicht der Typ, der Fehler wiederholte. Was er jetzt brauchte, war ein Wochenende mit seinem Vater, fern von allen Hotelanlagen, auf dessen Ranch in Weston, Colorado, einer kleinen Farmerstadt mit staubigen Straßen, zu vielen Cowboyhüten und einer Hauptstraße, die an den Wilden Westen erinnerte.

Sein gemieteter SUV kroch im Schneckentempo in einer Autoschlange dahin, die für seine Heimatstadt sehr untypisch war. Erst als er um die nächste Kurve bog und über der Straße Ballons und Banner sah, die auf das alljährliche Indie-Filmfestival verwiesen, wurde ihm klar, was an diesem Wochenende hier los war. Er fluchte leise. Im Moment war er überhaupt nicht in der Stimmung, sich mit Menschenmengen abzugeben.

Sein Handy klingelte und der Name seiner Schwester erschien auf dem Bildschirm. Noch bevor er Hallo sagen konnte, platzte Savannah los: »Ich fass es nicht, dass du mich nicht angerufen hast, bevor du gekommen bist.«

»Hallo, Schwesterherz, ich hab dich auch vermisst.« Das einzige Mädchen unter den fünf Geschwistern war eine toughe Anwältin, die sich auf Entertainmentrecht spezialisiert hatte, aber für Treat war sie einfach nur seine kleine Schwester.

»Wann kommst du in Weston an?«

»Ich bin schon da, stehe auf der Main Street im Stau.« In den letzten fünf Minuten hatte er sich keinen Zentimeter fortbewegt.

»Ich bin mit einem Mandanten auf dem Festivalgelände. Komm doch her.«

Eigentlich wollte er im Moment nur endlich auf der achtzig Hektar großen Ranch seines Vaters außerhalb der Stadt ankommen, aber Treat wusste, dass Savannah enttäuscht wäre, würde er sich nicht sofort mit ihr treffen. Und seine Geschwister zu enttäuschen, war etwas, das er stets zu vermeiden versuchte. Nachdem sie ihre Mutter verloren hatten, als Treat erst elf Jahre alt und sein jüngster Bruder Hugh noch ein Baby gewesen war, hatten seine Geschwister schon genug Enttäuschungen in ihrem Leben hinnehmen müssen.

»Kannst du denn so einfach weg, wenn du mit einem Mandanten da bist?«, fragte er.

»Für dich doch immer! Außerdem bin ich mit Connor Dean hier. Er kommt eine Zeit lang gut allein zurecht. Komm zum Hintereingang, ich warte da auf dich.« Connor war ein Schauspieler, der die Ruhmesleiter im Sturm emporklomm. Seit zwei Jahren war Savannah jetzt seine Anwältin, und wann immer er einen öffentlichen Auftritt hatte, begleitete sie ihn. Sie verband keine typische Anwalt-Mandant-Beziehung, aber bei allem, was Connor manchmal so Unbedachtes von sich gab, war er doch schon einige Male verleumdet worden. Savannah führte

Buch über das, was bei diesen Gelegenheiten gesagt oder nicht gesagt wurde – sowohl von Connor als auch von den Medien.

»Ich komme so schnell, wie es der Verkehr erlaubt.« Er beendete das Gespräch mit Savannah und rief seinen Vater an.

»Hallo, mein Sohn.«

Hals tiefe Stimme und sein langgezogener Colorado-Akzent berührten Treat zutiefst. Er hatte ihm gefehlt. Sein Einfluss war für Treat immer schon beruhigend gewesen. Nachdem seine Mutter gestorben war, hatte sein Vater ihn und die Geschwister durch diese schwierigen Jahre manövriert. Aber Hal hatte sie nicht verwöhnt. Er hatte sie gelehrt, wie wichtig Fleiß und Loyalität waren, und damit den Grundstein für ihren beruflichen Erfolg gelegt.

»Dad, ich bin in der Stadt, aber ich würde mich vorher noch beim Festival mit Savannah treffen, wenn es dir nichts ausmacht.«

»Klar, Savannah hat schon angerufen. Sie vermisst dich, und ich denke, dir würde etwas mehr Zeit mit dem Rest der Familie auch guttun.«

Das konnte er laut sagen. Alles, solange es ihn nur von Max ablenkte.

Ende des Auszugs
Wenn Ihnen die Vorschau gefallen hat, können Sie *Im Herzen eins – neu erzählt* gleich bei Ihrem Online-Buchhändler bestellen und direkt weiterlesen!

Die Bradens (Peaceful Harbor)

Geheilte Herzen
Voller Einsatz für die Liebe
Liebe gegen den Strom
Vereinte Herzen
Melodie der Liebe
Sieg für die Liebe
Endlich Liebe – ein Braden-Flirt

Die Remingtons

Spiel der Herzen
Im Dschungel der Liebe
Herzen in Flammen
Herzen im Schnee
Liebe zwischen den Zeilen

Die Bradens & Montgomerys (Pleasant Hill – Oak Falls)

Von der Liebe umarmt
Alles für die Liebe
Pfade der Liebe
Wilde Herzen
Schenk mir dein Herz
Der Liebe auf der Spur

…

Die Whiskeys: Dark Knights aus Peaceful Harbor

Tru Blue – Im Herzen stark
Truly, Madly, Whiskey – Für immer und ganz
Driving Whiskey Wild – Herz über Kopf

Entdecken Sie Melissa Fosters Bücher auch auf:
www.MelissaFoster.com/Herzen-im-Aufbruch